Chambord boucane

Du même auteur :

À la mort de mes vingt ans, Éditions du Jour, collection :
les romanciers du jour, R-35, 1968, 134 p.

Univers Cités, Éditions pour tous, collection POÉSIE pour
tous, 1990, 597 p.

Motmages, Éditions pour tous, poèmes illustrés en couleurs
r André Fortin, collection POÉSIE pour tous, 1990.

paraître :

Brossardises, Éditions pour tous, collection POÉSIE pour
ous, 2000.

PIERRE OZIAS GAGNON

Chambord boucane

Éditions pour tous collection **ROMAN** pour tous

Données de catalogage avant publication (Canada)

Gagnon, Pierre Ozias, 1947-
  Chambord boucane
  (Collection **ROMAN** pour tous)

  ISBN 2-922086-10-0

  I. Titre. II. Collection

PS8513A564C42 2000   C843'.54   C00-940633-6
PS9513.A564C42 2000
PQ3919.2.G33C42 2000

Illustration de la couverture : *Lilianne Brassard*
Photolithographie : *Jean-François Séguin*

Dépôt légal
Bibliothèque nationale du Canada
Bibliothèque nationale du Québec
© Pierre Ozias Gagnon
© Éditions pour tous
2ᵉ trimestre 2001
Tous droits réservés

ÉDITIONS POUR TOUS
2860, croissant de la Marquise
Brossard (Québec) CANADA
J4Y 1P4 — (450) 676-8770
eptous@videotron.ca — Sans frais : 1-866-676-8770
Diffusion au Québec : Québec-Livres
Europe : Librairie du Québec à Paris

Quelque part dans le monde,
personne ne pense à moi.

Je suis Martha. Le monstre de la famille, c'est moi. J'ai les dents longues, la bouche immense. Je pourrais engouffrer le monde entier entre mes mâchoires et puis je broyerais tout pour qu'il ne reste plus rien que moi sur toute cette planète et surtout ici dans ce village perdu, dans cette famille maudite où mes frères et mes soeurs m'ont complètement rejetée.

Je vis en serre froide entre mon père et ma mère : je fais partie du coin. C'est là que je règne : aussitôt qu'il y a du monde, on cache l'horreur que je suis et je disparais pour tous. Je n'existe plus pour personne. Ils ne savent pas que j'ai une âme moi aussi et que je ressens les choses aussi bien qu'eux.

Je suis une erreur biologique, une punition de Dieu. Le mal incarné, c'est moi. Je n'avais pas le droit d'exister mais je me suis entêtée quand même et cela m'a donnée.

— Martha! qu'est-ce que tu fais encore en train de bavasser toute seule? Espèce de sotte, tu n'entends pas ta mère qui te crie depuis tout à l'heure? À quoi tu peux penser là-dedans dans ta caboche de plâtre?

— Ne me frappe pas, papa!

— Disparais, tas de crasse! et fais-nous plaisir, va te laver la face.

La voix de mon père est aussi impitoyable que son fouet. Elle m'arrache les larmes comme le fouet m'arrache le sang. Cela l'aide à mieux m'écorcher vive.

Chaque fois qu'il me voit, mon père me dit toujours de disparaître et puis d'aller me laver. J'ai treize ans et je fais encore des pâtés dans la boue. Il trouve ça impensable. Mais moi je m'amuse. L'autre jour, ma soeur aînée, elle a seize ans et elle est belle, a tout brisé ce que j'avais fait et puis elle m'a giflée, je me suis défendue et, comme je suis très grande et très forte, je l'ai fait tomber par terre.

La bataille a duré longtemps, j'aime bien me battre avec Sylvie, je suis sûre de gagner; je la fais pleurer comme je veux. Mais il a fallu que Jos s'en mêle, et ils se sont mis à deux pour m'écraser.

Je saignais comme une bête, mais je ne pleurais pas, moi. Il n'y a que mon père qui me fasse pleurer. Il n'a qu'à me regarder droit dans les yeux, et alors je perds toute ma contenance. Il me parle et puis il se met à crier après moi et si je ne pleure pas, il me fouette. Je sais qu'il serait capable de me tuer. Tout le monde dans la famille le sait. Et au lieu de m'aider, de prendre un peu soin de moi, ils se sont donné le mot et ils ont commencé à m'assassiner eux aussi. Comme je me hais déjà moi-même, il est écrit que je ne vivrai pas bien vieille, mais en attendant de mourir définitivement, j'essaie de m'oublier en ne me regardant plus dans le miroir. Quand cela fait un certain temps que je ne me vois pas, je m'oublie et j'imagine que je suis autre chose que moi. J'aimerais bien être Sylvie, par exemple. Tous les garçons la regardent, tout le monde l'aime; c'est une vraie beauté. Mais moi, je sais qu'au-dedans elle est mauvaise. Je sais que depuis que je suis haute comme ça, elle me tyrannise. Maintenant que je suis grande et que je peux me défendre et attaquer un peu plus, Sylvie me respecte; elle ne me tire plus les cheveux, elle me gifle et m'insulte devant les autres, c'est tout.

Les insultes, ça ne fait pas mal, c'est ce que je me dis. Mais je commence à en avoir assez. N'empêche que j'aimerais bien être Sylvie pour un jour ou deux, rien que pour un jour ou deux.

Je fais mieux d'aller aider maman, sinon mon père va revenir et, cette fois, il n'y aura pas de pardon.

Chez nous, nous ne sommes pas pauvres. Nous avons une grande cuisine, une cave en terre battue, des chambres, une salle à manger pour les grands jours et un immense salon pour les grands jours aussi.

Nous avons une salle de bains et deux toilettes. Mon père trouve que je suis crasseuse et que je pue tout le temps. Pourtant, je passe mon temps à me laver. Quelquefois même je me mets de la poudre à bébé sur tout le corps et je sens bon. Mais je n'en mets jamais assez sans doute.

— Maman, est-ce qu'elle était vraiment plus grande que celle-ci, notre ancienne maison?

— Bien plus grande, Martha.

— Elle était plus belle?

— Bien plus belle.

— Alors, pourquoi est-ce qu'on l'a quittée?

— Pour voir si c'était plus agréable de vivre ailleurs.

— Est-ce que c'est plus agréable de vivre ailleurs, maman?

— Je sais pas. Arrête de me poser des questions. Demande à ton père. Il le sait, lui.

— Non.

— Dis pas non. Ferme ton bec et grouille-toi. Va me chercher des patates.

— Je veux pas aller dans la cave toute seule, maman!

— Fais pas l'idiote! Dépêche-toi!

— J'ai peur, maman, d'aller dans la cave toute seule. Tu le sais maman. Tu n'y vas pas non plus.

— Ferme ta grande bouche et vas-y. Sinon ton père va le savoir que tu n'obéis pas.

La cave, c'est un grand trou noir. Quand je descends les marches qui craquent comme si elles étaient en vie, j'ai une peur affreuse. Mon père me l'a dit, c'est là qu'il va me faire enterrer quand je serai morte. C'est la place pour les crasseuses. Il a même dit qu'il va fermer ma tombe pour que personne n'ait peur de moi au salon funéraire. Et puis il a dit que si je continuais à pousser comme ça, il allait me faire enterrer vivante ici pour que je lui fiche la paix et que j'arrête de lui porter malheur. Les patates sont au bout de l'escalier, à droite, là où il fait le plus noir. Je descends lentement les marches, je n'ai pas besoin de me fermer les yeux pour m'empêcher d'avoir peur, il fait vraiment noir. Je trouve la poche de patates et remplis le plat jusqu'au bord. Puis je lève les voiles, je ne veux pas moisir ici. J'arrive en soufflant et en sueurs au sommet et je referme soigneusement la porte derrière moi. Il n'y a plus rien à craindre. Mais en haut, il y a mon père qui me regarde de son oeil méchant.

— J'apporte les patates, papa.

Il est toujours présent quand je ne m'y attends pas. Il rôde autour de moi.

— J'apporte les patates, papa.

— C'est toujours mieux d'obéir, fille. Même toi, faut que tu obéisses. Reste pas plantée là à baisser la tête comme une parfaite idiote.

Je file en traînant ma jambe derrière moi comme un boulet. Je suis paralysée un peu de la jambe gauche, mais je m'arrange bien quand même. Ma hanche de ce côté fait une bosse, et cela me fait mal de temps à autre. Je ne sais pas pourquoi, quand mon père est à proximité, je boite un peu plus, peut-être que c'est ma manière à moi de lui montrer qu'il a une fille digne de lui, fière d'être issue de lui. Je suis sa dernière, sa petite cadette, c'est moi qui ai tout hérité de mes parents. D'un seul coup. Et gratis à part de ça. Je suis leur dernier chef-d'oeuvre, celui qu'il ne pouvait s'empêcher de faire avant de crever. Je n'avais pas le droit de naître et je me suis entêtée quand même et cela m'a donnée... que je me dis toujours.

— Tiens, maman! que je lui dis, victorieuse. On les a eues encore une fois.

— Qu'est-ce qu'on a eu?

— Les patates. Et je suis revenue sans une égratignure, même si mon père était en haut de l'escalier et qu'il avait l'oeil bleu. [Comme le vampire sans doute que l'on entend gémir dans la cave les soirs de grand vent.]

— Je m'en vais jouer.

Maman serait gentille, si elle ne parlait pas toujours de mon père, si elle ne brandissait pas son image à chaque fois pour me faire obéir. Je l'aimerais bien, mais je pense que je ne l'aime plus du tout. Je n'aime plus personne d'ailleurs. Mon temps des amours est terminé, c'est la guerre ouverte entre moi et eux, et je les aurai bien tous avant qu'on ne m'enterre dans la cave, près de la fournaise, là où l'enfer brûle, paraît-il, et où le diable m'attend.

Le sable de mon carré de sable est doux entre mes doigts. Ma poupée Marguerite y dort bien le jour, le soir et la nuit. Elle ne peut pas dormir avec moi, je ne mérite pas de compagnie même d'une sourde, muette et aveugle. Marguerite ne voit pas, n'entend rien et ne me parle pour ainsi dire jamais, c'est regrettable. Vraiment regrettable. Je suis douce envers ma Marguerite, comme je voudrais que mon père soit doux avec moi, pour lui montrer.

Je prends la pelle et je remplis mon seau de sable et je renverse le tout sur moi pour me salir encore un peu plus. Je dois mériter mon nom de crasseuse, de sale crasseuse. Ma famille est divisée en deux. D'un côté, il y a les autres; de mon côté, il y a moi. Je suis toute seule contre eux. Je n'ai pas d'armes pour me défendre, je n'ai que mes quatorze ans bientôt. Ce carré de sable m'appartient. C'est moi la petite dernière, alors on me l'a laissé. C'est mon petit univers parallèle où j'ai installé pour ma distraction personnelle des fourmis qui courent parmi les blocs de sable. Je suis attentive à leur vie. Comme je voudrais sans doute qu'on fasse attention à la mienne.

« Viens ici, Marguerite. Ne te laisse pas manger par ces sales fourmis! Poupée Marguerite, tu es belle, toi. Viens, laisse-toi faire, je vais t'apprendre l'alphabet. Tu sais que moi j'ai mon professeur particulier, que mon père me paie des leçons particulières, s'il vous plaît, mais j'ai, il faut le dire, une maîtresse bien particulière. C'est une vache. Elle est aussi affreuse que moi, je pense, et on m'a dit dans le tuyau de l'oreille que c'est à elle que je vais ressembler, si j'ai la chance de me rendre à trente ans et si je parviens à apprendre l'alphabet. C'est tout ce qu'elle sait l'alphabet et c'est tout ce qu'elle me montre. Comme si je n'étais pas capable d'apprendre à lire, par exemple. Heureusement, elle ne me bat pas. Ce n'est pas comme mon père. Elle protège son magot. Elle soigne son trésor. Je suis pour elle la survivance.

Grâce à moi, elle ramasse son pécule pour ses vieux jours. Qui ne tarderont pas. »

Mon père m'a mis à l'école privée parce que, a-t-il dit, je faisais peur aux autres, je les empêchais de se concentrer. Elles passaient toutes leur temps à rire de moi. Elles n'avaient pas le temps d'étudier, ça se comprend. On a été obligés de me trouver une institutrice particulière, j'en ai eu exactement sept. Elles ne pouvaient pas rester trop longtemps avec moi de peur sans doute que je leur transmette un peu de mes charmes physiques. À force de me voir, ce n'était plus elles qu'elles voyaient dans le miroir, c'était moi. Alors, elles sont parties une après l'autre avant la dépression. La septième institutrice, je l'ai gardée. Celle-là s'est accrochée à moi comme à une bouée. Depuis ce temps — trois ans précisément — elle ne me lâche plus. Et j'apprends l'alphabet. Sylvie, ma soeur, est maintenant en onzième année générale et mon frère Jos, qui est plus vieux, termine son scientifique au collège Saint-Paul. Il est pensionnaire. On ne le voit que l'été. Du 23 juin au soir au 3 septembre au matin. Il est très instruit. Je pense qu'il veut faire un scientifique. Et ma soeur, une générale.

Je n'ai pas grand plaisir dans la vie à part ma Marguerite et mon carré de sable. Je suis renfermée comme une coquille sur moi-même et personne au monde ne soupçonne ce que j'ai résolu de faire. Il y a treize ans que je souffre, et j'ai décidé que ce serait fini bientôt. Le fouet, j'en ai marre. Des coups, j'en ai marre. De leurs coups et de leur fouet aussi. Je veux qu'on me respecte et qu'on ne me batte plus. Qu'on me laisse faire ma petite vie et qu'on ne me dérange pas. À quatorze ans bientôt, on est presque une femme. C'est ce que ma mère m'a dit. Les seins poussent, on a ses menstruations, on peut avoir des enfants...

— Martha, c'est l'heure du souper. Approche! Cré maudit! Te voilà encore toute couverte de sable. Tu es allée te rouler. Prends le balai, puis secoue-moi ça. Désespoir! tu vas finir par tous nous faire damner!

Quand on crie après moi, je deviens sourde comme par magie. C'est utile. Un réflexe en quelque sorte. Une réaction parfaitement automatique.

Je ne dis rien. Je ne réponds pas. Je m'avance lentement en me secouant de mon mieux. Je passe au balai. J'ai du sable plein les cheveux, plein les sourcils. Je suis une dune de sable et j'ondule. Je me plonge les deux mains dans le lavabo et je me nettoie. Je prends mon temps. J'en ai à revendre. C'est moi la cadette. Je suis moins pressée que les autres. Et puis je m'assois enfin à la table.

— Tu te passeras de dessert.

C'est la voix rauque de mon père. Sa voix glaciale.

— Mais... j'ai rien fait...

— Justement, t'as rien fait. Comme d'habitude, tu fais jamais rien. Si jamais un jour il t'arrive de faire quelque chose, tu m'avertiras en passant. On sait jamais, ça pourrait m'intéresser.

Ils sont tous là assis à la table et ils ricanent. Au moins, je suis utile à quelque chose. Je les déride.

Sylvie apporte mon bol de soupe. La soupe est chaude et elle fume. La bonne odeur me traverse les narines. Je salive un peu. J'ai faim. Ma mère fait si bien à manger. Les desserts surtout.

— Roberte est bonne vendeuse. Elle a le don. Elle a l'entregent qu'il faut. Je regrette pas de lui avoir fait lâcher l'école. Qu'est ce que t'en pense, ma femme? Es-tu toujours contre?

— Je t'ai toujours dit, Athanas, que les enfants de cet âge sont toujours mieux à l'école. Elle était bien intelligente, notre Roberte. Elle...

— C'est pour ça qu'elle ne va plus à l'école. J'en avais besoin d'une fille intelligente. Ça compense.

Je sens peser sur moi son regard venimeux, chargé de reproches. Mais je suis trop folle pour avoir compris. Qu'ils pensent. Je me venge en faisant un peu plus de bruit en mangeant. Comme ça, je l'énerve.

— Martha, t'as pas fini de faire du bruit en mangeant! Tu déranges.

La soupe chaude m'est entrée dans le ventre. Et je sens qu'elle repose en paix dans mon estomac. J'ai presque le goût de me réjouir. Maman a fait de la tourtière. De la vraie du Lac-Saint-Jean. Pas comme celle que mangent nos cousins de Montréal. De l'imitation.

— Est-ce que je peux avoir du ketchup?

— Oui, attends ton tour.

Tout le monde saute sur la bouteille de ketchup.

On aime ça le ketchup chez nous, même si ça donne des boutons.

Manuel, assis à côté de moi, me donne un coup de pied par en-dessous de la table. Il m'a fait mal. Mais je pleurerai pas.

Manuel, c'est le saint de la famille. Il va au séminaire. Il veut faire un prêtre à ce qui paraît. C'est la seule chose qu'il connaît, la religion. Il passe son temps à aimer son prochain. Il a une belle carrière devant lui, le salaud.

Je ne peux pas le sentir. Lui, et ses airs d'enfant de choeur! C'est une espèce de sadique. Il aime assez ça quand mon père me fouette. Je lui vois rétrécir la prunelle des yeux. Il ne reste plus après ça que deux grands cernes blancs à la place des trous. J'aurai ma revanche. Il ne perd rien pour attendre. Lui comme les autres, ils vont tous y passer. Martha a les dents longues. Et sa cervelle, c'est comme un oiseau. Mais ils vont voir avant que je parte, pour d'autres pays, ils vont voir ce qui les attend.

Et puis je mange ma tourtière avec beaucoup de ketchup dessus et puis je les regarde tous les uns après les autres, maman d'abord avec son petit air empressé, son regard d'esclave soumise, Sylvie si jolie mais si cruelle, des rasoirs à la place des dents, Joseph, notre petit génie en mauvais herbe, Manuel, le séminariste qui porte bien son nom, toujours un livre à la main, préférerait manger son livre s'il le pouvait, mon père au bout de la table, le petit empereur de la famille, le grand manitou, celui qui crache l'argent et le fiel, celui qui paie mes leçons particulières et qui veut m'enterrer vivante près de la fournaise, quand j'aurai fini d'apprendre mon alphabet sans doute... Ne manque que Roberte, Éric et Hélène. Hélène, c'est la plus vieille, elle est mariée, elle a fait trois *flots*, trois êtres ordinaires et bien normaux malgré tous les tourments dont elle a souffert durant ses grossesses, malgré toutes les peurs qu'elle s'est faites — il aurait pu y avoir une autre Martha dans son cirque — elle a pleuré et depuis quatre ans bientôt qu'elle est mariée, elle ne fait que ça si bien qu'on l'appelle torrentielle; Éric est dans l'armée, il apprend la discipline, il sait déjà enfiler sa vingt-quatre de bières comme pas un, il est jamais là quand on le cherche, passe son temps à pisser, le cycle naturel quoi; Roberte travaille en ce moment au magasin.

Ce soir, c'est jeudi et il faut quelqu'un. C'est à elle toute seule une intelligence dépareillée, une *bolle*, comme ils disent, elle a tout gardé pour elle, la gloutonne, ne m'a rien laissé, c'est ça l'avantage de passer avant les autres. Moi, quand j'ai fait mon entrée au monde, il ne me restait plus grand chose, elle avait tout pris. (Au lieu d'une entrée, j'aurais dû faire ma sortie, ç'aurait été bien plus facile pour eux.) Maintenant, ils me traînent comme un boulet, je suis à la remorque de la famille. C'est moi l'enfant remorquée. Je les dévisage encore, même ceux qui ne sont pas là, et je mange avec fracas, du ketchup entre les dents.

— Martha, passerais-tu le sel? Martha, passe-moi le sel!

— Vas-tu comprendre? Maudit!

— Le voilà ton sel. Étouffe-toi avec.

C'est le temps du dessert. Pour les autres. Je me lève de table sans m'excuser et je disparais. Juste le temps d'apercevoir Mariette qui supplie Athanas pour moi de son regard. Rien à faire.

— Tu pourrais au moins demander la permission avant de quitter la table comme ça!

C'est mon père qui jappe.

Trop tard, je n'entends plus.

***

Je retourne à mon carré de sable. Marguerite est toujours là. Au repos. Je prends ma pelle et j'entre-prends de l'enterrer. L'été, tous les soirs, je lui fais son lit, et elle dort dehors. Comme une grande fille. Pauvre Marguerite! Elle est devenue toute blanche, je la rentre à la maison. Je monte les escaliers à tou-tes jambes et je me renferme dans ma chambre. J'es-suie une larme, je m'examine dans le miroir pour voir si j'ai grandi. Le jour de la première neige pour moi, c'est le quinze novembre. Le quinze novem-bre, ce sera ma fête et j'aurai vieilli en silence.

Quand le printemps revient, je m'achète une autre Marguerite plus jeune avec d'autres yeux, avec d'autres oreilles, d'autres joues, une nouvelle Mar-guerite, quoi. Je l'achète avec de l'argent que j'ai ramassé par-ci par-là, je fouille tous les divans, j'exa-mine chaque fente et je cache l'argent dans mon cochon. C'est ainsi que Marguerite réussit à survivre malgré l'usure du temps.

Mon carré de sable est grand comme mon lit. Mais bientôt, je devrai le quitter. Mon père m'a dit qu'il allait me l'arracher, que j'étais trop grande pour me vautrer dans la boue.

— Espèce de truie.

Je pense à Roberte qui travaille au magasin. Dix-huit ans, et elle passe son temps à faire la courbette aux pieds des autres. Elle se met à genoux, la fière Roberte, et elle vend. Des souliers pour monsieur, des souliers pour madame. Des souliers pour ti-fille ou pour ti-gars. C'est une bonne vendeuse, et elle parle déjà d'une expansion possible du magasin de mon père. D'une ascension sociale. Elle veut vendre des bas. Après, ce sera sans doute la robe ou le pantalon, la blouse, la chemise, la cravate, le foulard. Ça finira par le chapeau. À ce moment-là, mon père aura un immense magasin à rayons, des succursales. Roberte sera comblée, elle sera au sommet. Elle aurait pu faire autre chose que de vendre, tout le monde l'a dit. Elle aurait pu être actrice, lutteuse, speakerine ou annonceuse. Mais à Chambord, les carrières ne courent pas les rues. Elles sont plutôt du côté des voies ferrées.

Notre nouvelle maison que mon père a achetée, je devrais dire l'antique maison que mon père a achetée, se trouve près de la gare de Chambord. La maison la plus près des rails, c'est elle. Depuis que nous habitons là, nous ne connaissons plus tellement de repos. La maison tremble à tout bout de champ. Il suffit qu'une locomotive entre en gare, et le coeur de la maison se met à battre. Tout remue. Et nous trépignons. Les Thomas de la rue de la gare ne connaissent plus le silence. Athanas Thomas, mon père, quand il a pris cette décision de nous faire tous déménager, moi y compris, il y a bientôt huit ans de cela, je m'en souviens à peine, a pris la décision la plus bruyante, la plus infernale de sa vie. Heureusement pour mon père, il aime les trains.

Il me semble qu'en déménageant, j'ai laissé derrière moi un passé grouillant de souvenirs, comme si j'avais vécu soixante ans au lieu de six, comme si dans cet ailleurs j'avais pu être heureuse. C'est pour ça que je suis si fatigante, que je n'arrête pas de poser des questions à ma mère.

— Maman, comment elle était notre ancienne maison? Elle était belle? Y avait-il des trains?

Toutes ces questions sont devenues nécessaires. J'attends une réponse qui sans doute ne viendra jamais.

Je m'endors. Je vais aller me coucher. Je me fais rarement prier pour dormir. Quand le soleil se couche, c'est mon heure. J'ai mon marchand de sable personnel. Il prend du sable dans mon carré. Ça ne me coûte rien pour me faire endormir.

Un peu de savon pour décrasser le monstre. Et toute pimpante, je vais me coucher en boîtant. Personne n'aura remarqué que Martha n'est plus là. Martha va se coucher. Martha ne dit pas bonne nuit. Martha n'existe pas. Encore.

***

Pendant que la lumière fait son entrée dans la chambre, je m'agite. Et puis je cède au jour qui va naître, j'écarquille les paupières, j'ouvre les yeux et, sur mon visage hideux, une première grimace de vivre apparaît.

Dehors les trains roulent. Le bruit des trains couvre tous les murmures du matin, les assassine. La fête continue. Une autre journée de plus sur les épaules de Martha. Une autre journée comme les autres sans doute. J'aurai ma leçon d'alphabet, et tout le monde sera bien content. Les efforts auront été faits pour nourrir l'intellect microscopique de Martha. Le petit monstre de plus en plus volumineux aura fait un pas en avant dans le monde de la connaissance. J'étais petite et malingre il n'y a pas si longtemps. Je me suis dit que pour les avoir, il fallait avoir de la place pour mettre le venin. Plus je serai grande et grosse, plus il y aura de venin dans ma carapace. Le raisonnement est simple.

Je mets la robe que j'affectionne, celle qui est rouge clair comme le sang. Je m'en vais déjeuner.

On ne déjeune pas en famille chez nous. Ce serait trop long. Chacun a ses petites occupations. Ses cours particuliers. Mon père et Roberte s'en vont au magasin, Sylvie, à l'école, Joseph, notre aîné par intérim, attend la rentrée des classes : être pensionnaire ça a ceci de bon, on commence après les autres et on finit avant, Manuel est au séminaire déjà, Éric arme sa carabine et cire ses bottes et Hélène torche. Elle a trois enfants et un mari qui en vaut quatre. Bref, la vie continue. Même pour ma mère, la Mariette, qui prend son café en ma compagnie. Elle est fanée ce matin. Pas trop jolie à regarder. La vieillesse qui s'en empare. À moins que ce soit un regain d'amour d'Athanas qui l'ait dégoûté. Et puis avec ce bruit de trains qui vous colle au tympan, il y a de quoi devenir maboule. C'est à cela que je pense en broyant mes rôties les unes après les autres et en me pourléchant de confitures aux fraises faites à la maison.

— Au magasin, depuis un certain bout de temps, ça ne va pas trop mal. On dirait, Martha, que ton père a repris le dessus. Depuis que Roberte l'aide, c'est un autre homme. Les malheurs sont passés, j'espère. Dire qu'il va falloir rester enterrés ici encore tout un hiver, il m'avait dit qu'il n'y en aurait plus d'hiver ici, qu'on partirait, qu'on serait ailleurs, cette année.

— Tu sais, maman, le père il faut pas le croire toujours. Il pense qu'il mène, mais c'est pas lui qui mène. On était bien dans notre autre maison, ça servait à rien de déménager par ici.

— Tais-toi. Ne m'en parle pas.

— Puis on avait de la place. Je m'en souviens pas trop. J'étais bien petite dans le temps. Mais j'avais mon chien qui s'appelait Prince et qui était bien gentil avec moi. Il avait même mordu mon père pour me défendre.

— J'en ris encore. Mais ton père, il riait pas, lui.

— Il a jamais entendu à rire. Mon petit Prince, je l'ai pas eu longtemps. Mais je pense qu'il est bien mieux où il est maintenant. Il aurait une dizaine d'années aujourd'hui. Il se traînerait les pattes comme moi.

— Laisse-la faire ton infirmité. C'est le bon Dieu qui a tout voulu ça. Il doit avoir ses raisons.

— Les raisons parlons-en. Il voulait probablement leur faire gagner leur ciel aux autres. Mais moi, il m'a oubliée. C'est l'enfer que je gagne et à petit feu. Le ciel a ses martyrs, mais l'enfer aussi.

Le silence est retombé lourdement dans la cuisine. Il emplit toute la pièce. Il devient gênant.

— Maman, je m'en vais jouer dans le champ. Je reviendrai pour ma leçon, c'est promis.

Et je quitte, je pars pour l'air libre.

— T'as mis une trop belle robe... qu'elle me crie.

— Je n'irai pas jouer. Je vais me promener seulement. Je ferai attention.

— Non, viens te changer.

Le ton est impératif. Il n'y a pas de réplique possible. Je suis coincée.

Je reviens mine à terre.

— Et puis non, tu n'iras pas jouer! Ta leçon commence à dix heures. En attendant, aide-moi à faire la vaisselle.

Maman ne devrait pas me demander de faire la vaisselle. Je suis incapable de l'aider. Je suis informe. Elle a tendance à l'oublier. Un geste maladroit, n'importe lequel, et je retrouverai vite ma place de petite buse, d'illettrée, de niochonne. Ça sera pas long, je vais arranger ça.

Je m'approche du pot au lait et, par mégarde, il s'échappe de mes mains et se fracasse. C'est Perrette et le pot au lait. J'en suis quitte pour une baffe et une lèvre amochée. J'ai une larme de vengeance dans l'oeil. Une imperceptible larme de vengeance. Mais je m'éloigne. Ma mère hurle.

— Espèce d'innocente, maudite cave! Disparais,

je veux plus te voir avant dix heures. Si t'étais pas si imbécile au moins. Ça serait pas si pire. On pourrait t'endurer. Tu nous écoeurerais moins.

À quatre pattes avec le torchon, elle ramasse les débris de ma maladresse.

« Si elle pouvait se couper », que je murmure à mon oreille. À écoeurante, écoeurante et demie.

Je pense à l'arrivée de mon père ce midi. Il va apprendre ma finesse. Je vais goûter à la strappe. Ça va être bon de l'entendre s'étouffer de colère. Les jurons pleins la bouche. Le dégueulasse.

Je me dirige en boîtant vers la porte de la cuisine.

— Pas cette porte-là. La porte de ta chambre. Va repasser tes leçons.

— Mais, maman!

— Ta chambre! Vas-tu comprendre, maudit. Qu'est-ce que j'ai fait au bon Dieu pour avoir attrapé un oiseau de malheur de même. J'avais pas besoin de ça...

Le moulin à paroles de ma mère me hache en petits morceaux. Elle est partie après moi. Toute la lignée des ancêtres va y passer. Je fais mieux de déguerpir. Je veux pas l'entendre.

Je m'enferme dans ma chambre. J'aurais le goût de mettre le feu à la baraque, mais je me retiens. C'est pas le moment encore. Je soulève mon matelas. Et je sors un poignée d'allumettes toutes bien rangées dans des paquets neufs. Une seule et au bon endroit, et il y aurait du vilain. Chambord boucane sortirait de la brume, apparaîtrait sur la carte avec des lettres rouges, des lettres enflammées. Il y aurait les pompiers, les sirènes, ça remuerait un peu dans les alentours. Ça ferait changement avec les trains. Ces maudits trains.

J'allume une allumette rien que pour voir. Je hume la bonne odeur du soufre qui parfume toute la pièce. Et je regarde les yeux étincelants la petite flamme qui monte tout d'abord timide et puis sauvage et puis dévoreuse.

— Aie! que je crie, j'ai failli me noircir l'ongle. Le feu et moi, il faut que nous devenions de très bons amis. Je veux qu'il m'obéisse, être sa maîtresse. Quand je serai la maîtresse du feu, je ne craindrai plus personne. Ni la fournaise, ni le diable, ni l'enfer.

Pour ne pas éveiller l'attention de mon père, je jette

toujours mes allumettes mortes dans le bol de toilette et je tire la chasse d'eau. Pas de trace, pas de problème.

Encore une autre allumette peut-être? La tentation est forte. Mais je dois résister, faire ma grande si je veux arriver au bout de mes projets.

Et puis, je pense à Marguerite que j'ai oubliée dans le sable, et les larmes me montent aux yeux. Pauvre Marguerite, je t'abandonne comme les autres m'abandonnent, mais moi ce ne sera pas pour longtemps. J'irai te chercher tout à l'heure, aussitôt que la maîtresse aura fini. Elle s'appelle Félicie l'institutrice. Félicie Lacroix. Et c'est toute une croix qu'elle a à supporter. Quand elle marche, elle porte encore mieux son nom. Quatorzième station, Félicie se cherche un monsieur pour lui tenir compagnie. Quinzième station, la situation est désespérée. Seizième station, elle se rabat sur l'enseignement à l'enfance inadaptée. Dix-septième station, elle frappe le gros lot, un imbécile prêt à payer pour instruire sa petite dernière pas trop semblable aux autres. Dix-huitième station, me voici.

— Martha, amène-toi, ta maîtresse est arrivée.

Je ne réponds pas. Je suis un peu dure du tuyau de l'oreille. Faudrait me ramoner le dedans du crâne.

— Martha, maudit!

Premier réflexe à retardement : cacher les allumettes entre les matelas. Deuxième réflexe : défaire un peu ma robe comme si j'avais dormi.

— Je vais au cabinet. Et puis j'arrive.

— Au prix que ton père paye pour te faire instruire, tu n'as pas le temps d'aller au cabinet. Tu avais tout le temps avant.

— Tu veux toujours pas maman que je fasse une crotte dans le salon.

— Petite polissonne...

Ma mère se tourne vers l'institutrice.

— Les enfants d'aujourd'hui, c'est rendu épouvantable. Ça enverrait chier le monde entier.

Félicie, un peu estomaquée par la verdeur du langage, approuve d'un signe de tête sec, les lèvre pincées.

Voilà le spectacle que je vois du haut des escaliers en me dirigeant vers la toilette.

Et puis ça y est, je suis fin prête. J'arrive en boîtant,

après avoir descendu lentement les marches, une à une — la souplesse, j'ai laissé ça aux autres.

— Votre fille va bientôt savoir lire, madame. Nous y avons mis le temps, mais nous n'avons pas désespéré. N'est-ce pas, Martha?

— Oui, madame.

— Vous verrez comme c'est agréable la lecture, comme ça tient compagnie durant les jours creux, car il y a toujours des jours creux...

Elle me conduit au salon où elle referme les portes. Et nous voilà seules. Toutes les deux seules. La cruche d'un côté, la montagne de science de l'autre. C'est toute une montagne, la Félicie. Elle traîne son corps comme d'autres remorquent un canon. Sa chair flasque et ballonnée toujours recouverte de sueurs ne cherche plus qu'à s'étendre, qu'à gagner du volume. Au rythme où elle a engraissé ces derniers temps, depuis qu'elle est devenue mon institutrice attitrée, je pense qu'elle a atteint l'ultime limite. Les gros corps ont le coeur faible, le souffle court. À chacune de leurs respirations ils exhalent soupirs et grincements. Leur machine sent trop la confiture.

— Vous écoutez, Martha?

— Oh oui! madame. Je suis toute ouïe.

Voilà une expression que j'ai entendue à la télévision et que j'ai retenue. Simplement pour le plaisir de la surprendre, la Félicie. Elle me regarde de son petit air interrogateur. Je la laisse s'interroger, la vache. Qu'elle s'étrangle.

— Commençons si nous voulons finir. N'est-ce pas. Je sais que votre petite, votre gentille Marguerite vous attend. Dépêchez-vous d'apprendre votre leçon pour mieux aller la retrouver.

— Je suis suspendue à vos lèvres.

Je lui assène ce deuxième coup expressionniste, et la bonne Lacroix se demande sans doute si je n'ai pas un autre professeur qui m'instruit en cachette, un concurrent. Elle prend un air circonspect.

Et nous voilà plongées toutes les deux dans les affres de l'apprentissage. J'en suis rendue à la lettre x. Et ce sera bientôt y et z. Dans deux ou trois mois environ. Faut pas que je pousse trop la connaissance. Elle risque de tomber et moi avec. Je suis une petite idiote, comme se plaît à le dire mon père et comme se plaisent à le croire tous les membres de la famille. C'est pour ça que je prends mon temps. Rien ne presse. La maîtresse n'est pas pressée non plus. Elle bâille comme un hippopotame. Ça doit être le seul exercice qu'elle fait au cours de la journée : écarter les mâchoires.

J'ai soudain envie de vomir. Une envie irrésistible. Comme cela m'arrive souvent depuis un certain temps. J'ai un haut le coeur et je déballe mon sac sur les genoux de l'institutrice. Je ne reconnais pas mon petit déjeuner et je pense même que ce n'est pas le mien.

L'institutrice ne fait qu'un bond. Elle saute sur ses jambes et la montagne de graisse et de science devient un volcan en fureur.

— Jésus, Marie! Martha, retenez-vous! Ça as-tu du bon sens vomir sur ma robe presque neuve. Votre père Athanas va le savoir.

Elle me flanque une claque par la tête, n'y tenant plus. Si je n'étais pas si précieuse, j'y passerais. Je n'ai pas le temps de pleurer, car j'ai un terrible mal de ventre qui me saisit et je sens que mon corps se met à couler comme une fontaine.

Ma mère arrive en toute hâte sur les lieux, contemple le spectacle, veut me frapper elle aussi, mais elle me voit bien pâle et se ravise. Elle m'accompagne à la salle de bains, me fait déshabiller et aperçoit la mare de sang dans mes petits pantalons.

— Essuie-toi et prend un « kotex »!

Je sais maintenant que mon enfance vient de me quitter. J'éclate en sanglots comme une petite fille à qui on a cassé quelque chose, je cherche à trouver dans les yeux de ma mère un peu de consolation pour ce grand jour de ma vie, mais rien. Je lis la lassitude dans ses yeux. Ma mère est tellement lasse de moi. Je ne l'avais pas senti à ce point auparavant. Pour la première fois, je distingue l'ampleur de ma naïveté. Comme j'ai été dupe! Un regain de venin et de fiel me monte dans la gorge.

— Tu peux t'en aller. C'est fini. Je vais arranger ça toute seule. Je suis grande maintenant.

— Puis ramasse-moi tout ça. Tu as bien compris, Martha. Change-toi de linge. Puis lave tes bobettes.

Elle sort en claquant la porte.

Je l'entends être toute excuse auprès de la Félicie. Elle lui baiserait les genoux, je pense, pour me faire pardonner. L'autre en profite.

— C'est une enfant épouvantable! Vomir sur ma robe. A-t-on déjà vu ça?

J'entends ma mère qui frotte pour essuyer la tache.

— Ma leçon est terminée pour aujourd'hui. Et je me demande si je vais revenir demain.

— Martha va être correcte demain, madame Félicie. Ce n'est qu'un mauvais moment qu'elle a à passer. Elle va avoir quatorze ans... vous comprenez.

— Nous autres, on était plus discrètes. Salut!

Tout le reste de la conversation s'estompe dans le brouillard, car j'ai un autre accès. Je vomis encore tout en perdant connaissance.

Je me réveille une seconde, une éternité après, je ne sais trop. Je suis toute seule dans la salle de bains, toute seule dans mon vomi. Ma mère ne vient même pas m'aider. Je ramasse mes affaires, me nettoie comme je peux et, pâle comme la mort, je monte dans ma chambre. La salope! que je n'arrête pas de me répéter. Sa fille est une jeune fille, et ça ne lui fait pas plus chaud au coeur que ça. C'est vrai que je suis la petite dernière et qu'elle en a vu d'autres.

Roberte, par exemple. Sylvie, Hélène. Moi, je suis à part. Moi, je suis spéciale. Je suis la seule à avoir vomi sur les genoux d'une institutrice privée. Je suis la seule à avoir une institutrice privée. Je suis la seule à être hideuse et infirme. Je suis la seule à être seule.

Je me débarbouille encore un peu et puis je m'écrase sur mon lit, en sanglots. Des larmes de rage, pleines de sel mouillent mon visage et me durcissent les traits. Il faudra que je m'habitue à ne plus pleurer. Plus jamais.

***

L'heure du dîner, c'est l'heure du fouet. Mon père arbore toujours sa mauvaise mine. Il ne sait pas encore tout ce qu'il va apprendre sur mon compte. Je me tiens à distance. Je disparais. Sa petite crasseuse disparaît de sa vue comme il aime. Je n'ai pas faim, je n'ai pas d'appétit, pas même pour le dessert. J'aurais le choix entre tous les desserts du monde, je cracherais dessus. Ça y est, la sérénade commence.

— Martha, ta fille, devient tous les jours de plus en plus imbécile.

Je reconnais bien là la façon de ma mère d'aborder mon sujet.

Je me demande ce qu'on va faire avec elle, elle casse tout, puis elle vomit maintenant. Et sur les genoux de son institutrice. Ça va te coûter un nettoyage, Athanas.

— Qu'est-ce que tu dis encore là, Nom de Dieu? T'aurais pas d'autres bonnes nouvelles à me mettre sous la dent. Y a pas assez que ça va mal au magasin, il faut que j'entende tout ce qui va de travers ici.

Quand mon père se met à sacrer, le monde est à l'envers. Ça veut dire que je peux m'attendre à tout.

— Approche-toi! Approche! Viens que je te contemple de plus près. Viens te montrer la face, ma belle Martha!

J'essaie de me sauver. Faut que je parte d'ici, je vais me faire fouetter encore pour rien.

Toute la famille visible est là qui assiste au spectacle habituel. Sylvie et Roberte gloussent, ma mère, indifférente, continue de servir. Joseph, lui, sape sa soupe.

Je réussis à sortir, mais je me fais attraper dehors au niveau de mon carré de sable. Mon père, qui a défait sa ceinture, me fouette de toutes ses forces. Je tombe à plat ventre dans le sable, le nez sur Marguerite.

— Défends-moi, Marguerite, que je pousse tout bas.

Mais Marguerite est trop petite. Mon père me l'arrache des mains, la jette à terre et la piétine, puis il recommence à me frapper de plus belle. Je ne pleure pas encore, et il attend que je verse des larmes, le salaud. Des gens passent sur le trottoir d'en face, que je distingue entre les arbres. Mon père s'arrête, il ne faut pas trop déranger les voisins, remet sa ceinture et rentre à la maison.

— Mange du sable pour dîner qu'il me crie en se retournant. T'aime ça le sable, ma noire.

Marguerite, la face et les membres brisés, ne semble plus voir personne. Je n'ai plus de poupée. Je suis vraiment toute seule maintenant. Le train du midi passe sur la voie dans un vacarme d'enfer. Je prends Marguerite avec moi et je marche jusqu'au bois où j'ai ma cachette d'allumettes. Je lui fais un nid de brindilles sèches, un petit bûcher personnel et je mets le feu à Marguerite. J'enterre soigneusement les cendres qui restent. Je me sens prête à tout. Je m'affale au pied d'un arbre, mais je ne pleure pas. Je regarde autour de moi le paysage d'automne naissant, encore tout rayonnant. Les feuilles écarlates, jaunes, multicolores réussissent à survivre et demeurent aux arbres entre ciel et terre. Quelques-unes arrachées par le vent viennent mourir à mes pieds. La tristesse, le désarroi de vivre me gagne. Je me laisserais tout bonnement aller. Je fermerais les yeux pour peut-être les ouvrir dans un autre univers sûrement plus beau qu'ici.

Mon visage endolori par les coups, mon corps qui brûle, mon corps en feu, voilà les sensations quotidiennes qui habitent avec moi. J'ai mal partout. Et surtout au ventre. Mon « kotex » est déjà tout sale et ne sert plus à rien. Je le jette et je quitte les lieux.

De retour dans ma chambre, je barre la porte et je m'enferme avec moi. Je n'ai plus même de Marguerite maintenant. Je suis toute seule, fin seule. Et la bataille que j'ai entreprise contre eux est difficile à gagner. « Mais je les aurai », que je pense méchamment.

Ma mère frappe à la porte.

— Martha, je suis montée voir si ça va.

Les remords de dernière minute qui la hantent. Tu peux t'époumoner ma mère. Martha ne t'ouvrira pas. La porte de Martha est fermée et elle le restera.

— Martha! Réponds-moi, Martha. C'est maman.

Je sens que ses bonnes intentions du début s'effritent. Qu'elle va bientôt changer de tactique.

— Martha, ouvre. Veux-tu. Vas-tu ouvrir maudit! Je vais aller chercher ton père, puis il va l'ouvrir ta porte. Je te le garantis

— Tu peux aller chercher le diable si ça te chante. Je suis dans ma chambre et j'y reste.

— Ton institutrice va venir tout à l'heure. Elle vient de m'appeler pour te dire qu'elle viendrait.

Je comprends mieux le manège maintenant.

— Qu'elle aille chier, mon institutrice! Tout le monde, allez chier!

— Maudite polissonne. Tu fais mieux de sortir de ta chambre ou je fais défoncer la porte.

Elle frappe à nouveau de toutes ses forces. « Elle va se fendre les jointures », que je pense.

Lasse de son siège, elle retourne à la cuisine. Retournes-y dans ta cuisine. C'est là ta place, à côté du fourneau! Tu peux même y entrer te faire cuire si ça te chante.

L'après-midi est longue. Et l'envie de mettre mon nez dehors, d'aller me traîner la patte sur le trottoir me reprend. Je sors par le balcon d'en arrière. Je me faufile entre les arbres, passe les voies ferrées. Je m'en vais au centre-ville de Chambord. J'aperçois de loin mon institutrice qui actionne ses jambes sur l'autre trottoir. Elle s'en vient m'instruire. Je me cache. Il faut pas qu'elle me voit. La maudite grosse tonne risque de me vendre. Ma mère me pense encore dans ma chambre à manger le couvre-lit, avec ma bouche affamée. Quand l'institutrice va arriver, ma mère va monter à la chambre essayer d'ouvrir ma porte, mais je l'ai barrée. Alors, elle va descendre chercher sa clé de secours et s'apercevoir qu'elle ne la trouve pas. Je l'ai cachée. Alors ça va être le drame, les coups de poing à la porte. Elle va ameuter toute la troupe, mais la porte de ma chambre restera fermée. Un sourire glisse sur mes lèvres. Je vois la grosse Félicie qui avance à petits pas, précieuse comme une vache pleine de lait. Mon père va être obligé de la payer quand même pour son déplacement, ça va le faire chier de rage. Lui qui tient ses comptes à la cent, ça va lui montrer qui je suis. Je rigole déjà à la pensée de voir la face de mon père, je vendrais mon âme pour voir ça. Il sera pas beau. Malheureusement, il y a l'après. Mon père me cherche, mon père me trouve toujours. Et là ce sont les coups. La volée. Je commence à m'y faire, avec le temps et l'âge aidant, on s'habitue à tout. Même à un père qui frappe une infirme, sa propre fille.

La grosse Félicie vient de passer le tournant, je sors de mon arbre, je surgis comme un ange exterminateur sur le trottoir, toute la rue est à moi, toute la ville m'appartient.

Le trajet est quand même long, surtout quand on n'a pas toutes ses jambes. Je pique à travers champ pour ne pas suivre la route. Par le sentier, il y a moyen d'arriver presque directement au magasin de souliers de mon père. Je ne sais pas ce que j'ai aujourd'hui, mais mes pieds me font souffrir. Alors quoi de plus normal que d'aller voir mon père, chaussurologue, podiatre, chef de la tribu, sa famille, pour lui demander qu'il trouve bonne chaussure à votre pied.

Ça n'a pas l'air à bouger gros là-dedans. Ils doivent tous être endormis dans leurs boîtes, Roberte sur l'épaule de papa attendant que la cloche sonne pour les avertir qu'un client ou une cliente s'amène. À la porte du magasin tout ce qu'il y a c'est un carrosse. Je ne me décide pas à rentrer. Un remords de dernière minute. Un reste de peur qu'on ne devrait plus avoir collé aux tripes. Mais je lambine. Je les veux ou non ces souliers. À quatorze ans bientôt on doit avoir bon oeil et surtout bon pied. Pour vous porter sur les chemins de la vie. Je regarde pour me distraire à l'intérieur du carrosse. Il y a un beau bébé tout rose, tout plein de vitalité. Il vient de se réveiller sans doute, le petit, et désirerait bien qu'on joue avec lui. Il a l'air charmant. Je pense que c'est un petit garçon, car il est habillé en bleu. Il n'y a qu'une façon d'en être certaine. Je regarde dans les alentours pour constater qu'il n'y a personne. Je sors avec toutes les précautions du monde le bébé du carrosse. Il est tout content. On ne doit pas souvent jouer avec lui, je pense. Je l'emporte dans mes bras. Je vais vers le hangar du magasin. Là, je serai tout à mon aise pour l'examiner. J'étends le bébé par terre et je lui fais des guidis. Je n'ai jamais eu beaucoup de contacts avec les bébés parce que chez moi, je suis la dernière. La cadette. Elle est un peu craquée de la tête qu'on dit. Le bébé ne pleure pas, il est gentil. Pourtant, avec mon visage à faire peur normalement, il devrait. Il sait que je ne suis pas une ennemi. Il ne m'a rien fait cet enfant. Ce n'est pas comme ma famille à moi.

Je le déshabille pour me rendre compte qu'effectivement c'est un garçon. Je regarde l'affaire avec attention. Les garçons ont des machins que les filles n'ont pas. Il n'a pas encore mouillé sa couche le petit animal. Remettre les épingles à leur place, c'est un peu dangereux, je pourrais lui faire mal. Je ne voudrais pas le piquer. Je replace l'enfant dans ses langes et je m'apprête à aller le reporter tout bonnement dans son carrosse. Mais il y a du monde en face du magasin de mon père, et j'entends une femme qui crie aux larmes.

— Mon enfant, qui est-ce qui a volé mon enfant?

Elle est bouleversée.

Je me rends compte de ce que je viens de faire. « Je ne voulais pas lui faire de mal », que je pense dans mon for intérieur. Il est un peu tard pour réfléchir. L'enfant commence à brasser dans ses langes et il va se mettre à chialer bientôt. Il en a assez de ma fraise. J'observe les événements par le carreau sale du hangar, bien emmitouflée dans les toiles d'araignée. Mais j'entends tout. Il y a de plus en plus de monde. L'attroupement devient monstre. Mon père a l'air piteux. Il n'arrête pas de faire des excuses. Il est aussi surpris que les autres, qu'il dit. Si ça tient rien qu'à moi, je vais lui en faire encore des surprises de même.

— Mon enfant, mon enfant, mon petit François, il n'a pas quatre mois.

— À quatre mois, c'est sûr qu'il est pas allé prendre une marche de santé.

— C'est pas le temps de faire ton fin. Si t'es pas capable d'être plus encourageant que ça, t'es mieux de t'en aller, mon Hector. Tu vois pas que madame la mairesse est tout en larmes.

Roberte est dehors elle aussi. J'entends les sirènes de la police. J'avale mal ma salive. Voilà que les flics s'en mêlent. Les provinciaux. C'est rendu une affaire provinciale maintenant. « Mais allez-vous en donc, bande de maudits, que je puisse aller reporter l'enfant dans son nid! » Je regarde le petit François. Il est vraiment beau pour son âge. Moi qui croyais que tous les bébés c'était du pareil au même : des petits vieillards ni plus ni moins, à la peau toute plissée. Il s'énerve et bouge comme un lapin. S'il se met à pleurer, je suis finie. Tout le monde va me tomber sur le dos. Je ne m'en tirerai pas comme ça. Mon père va m'accrocher, et je vais perdre un membre, c'est certain. La peur commence à s'infiltrer au niveau de mes entrailles. Un mal de ventre affreux me broie les tripes.

Le maire tout endimanché arrive lui aussi sur les lieux. Son fils vient d'être enlevé. Il y a de quoi l'abattre. Mais pour lui, c'est une question de politique, ça se résume à une question de politique municipale. C'est un coup de ses adversaires. Et mon père qui est un de ses ennemis farouches. Ça va faire du vilain. Ils s'engueulent déjà.

— Athanas Thomas, est-ce que c'est toi qui as manigancé ça? Tu en es bien capable. Ça as-tu du bon sens? Me faire enlever mon fils.

— Antoine, je suis pour rien là-dedans. Pour qui

me prends-tu pour m'attaquer à des enfants de quatre mois?

— Monsieur le Maire, on va organiser des recher-
ches immédiates. On va fouiller partout, puis votre
enfant, ça tardera pas, on va le retrouver.

C'est le constable qui vient d'ouvrir la gueule. Je
pense que j'ai le dedans des boyaux qui s'entrechoquent.

Le petit qui gigote. La sérénade s'en vient. Elle
est toute proche. Il faut que je fasse quelque chose.
« Si je mets les couvertures par-dessus sa tête, ça va
au moins étouffer les larmes et les cris », que je pense
à la vitesse de l'éclair. Puis je m'aperçois qu'il a une
pipette attachée autour du cou. Je la lui fourre dans
la bouche. Le concerto finit en clapotis. Il est content. Il a de quoi l'occuper.

— D'abord on va fouiller chez vous, monsieur
Thomas. On va tout examiner de fond en comble.

— Puisque je vous dis que je suis pour rien dans
cette affaire-là! Fouillez si ça vous chante après tout,
Nom de Dieu!

Toutes les femmes du village s'affairent auprès de
la maman qui sanglote comme une Madeleine. « Je

ne lui ai rien fait à ton bébé, maudit, cesse de pleurer, », c'est ce que je voudrais lui crier, mais j'ai pas le temps, la police a déjà commencé à fouiller l'intérieur du magasin. Mon père a le feu au derrière. C'est une injure personnelle qu'on lui fait. Il prend ça de même. Ils vont peut-être découvrir que son magasin est rempli de cachettes, qu'il y a peut-être autant de bouteilles de gin que de boîtes de souliers. Mon père aime bien prendre un coup. C'est un ivrogne pendant les heures de travail, surtout quand il ne vient pas beaucoup de monde. Mais aujourd'hui, il n'aura pas le temps de boire; je pense pas. Après le magasin ce sera le tour du hangar, et là ils vont me poigner. Quand même que j'essaierais de me cacher, c'est sûr qu'ils vont me voir. J'ai bien envie d'abandonner le bébé là, puis de lever le camp. Il y a une porte par en arrière qui n'est pas trop voyante. Alors, si je fais pas trop de bruit, je risque de ne pas me faire attraper. Je laisse le bébé par terre où il est, tout endormi malgré le vacarme. Il doit être habitué à les entendre se chamailler à la maison ses parents pour dormir comme un ange de même. Je fais le rase-mottes. J'ouvre la porte de derrière et je m'enfonce dans le

paysage d'automne. Je retrouve le sentier et je disparais comme une étoile filante éclopée qui traîne
un peu la jambe et qui laisse un grand sillon derrière
elle. J'arrive à la rue de la station et je m'enligne sur
le trottoir. Mes plus grandes enjambées me parais-
sent minuscules. Des petits pas de souris sur le macadam communautaire. Je traverse les voies au milieu des wagons abandonnés qui attendent l'heure
de se faire cueillir et je rentre au bercail par le balcon. Heureusement, un diesel arrive en gare sur les
entrefaites et à ce moment-là, il n'y a vraiment pas
moyen de rien entendre. La porte du balcon fran-
chie, je débarre la porte de ma chambre, je referme
le tout à clé et je m'étends sur le lit, haletante comme
une soupape épuisée.

***

Je pense que je me suis endormie, et ce sont les
coups frappés contre ma porte qui m'ont réveillée.
En fait, j'ai plutôt bondi de mon lit. Mon père martèle la porte, et je crois que tout va céder.

— Qu'est-ce que vous avez tous à me déranger, que je hurle en débarrant ma porte.

Il était temps. Les joints commençaient à se fissurer.

— Où est-ce que t'étais, Nom de Dieu, aujourd'hui?

Il empeste l'alcool et la sueur et il est fou de rage.

— Je suis restée dans ma chambre.

— Oui, elle est restée enfermée tout l'après-midi, la vache. Sa maîtresse est venue, elle a même pas voulu lui ouvrir... pour sa leçon.

Mon père m'administre une formidable claque sur le visage. Je me mets à saigner abondamment.

Ma mère aussi, folle de rage d'avoir perdu son après-midi à argumenter avec la porte, me tire les cheveux et me gifle. Un torrent de larmes m'arrive dans les yeux. Mais j'endigue le tout, je ne le laisse pas franchir le coin de mes yeux. Roberte fait son apparition sur les lieux du crime, en croquant une pomme. Elle regarde la scène avec indifférence.

— Je te dis que je t'ai passé tout un après-midi là grâce à ta fille, Athanas. Quand elle s'entête, il n'y a pas moyen de rien faire. T'aurais beau la tuer, je pense que ça la dérangerait pas. Elle a pas de coeur cette enfant-là.

Mon père me flanque un coup de pied dans les côtes, puis ils me laissent là sur le plancher croupissant dans mon sang. « Les salauds, les salauds! » que je pense. Mais ça m'intéresse de savoir ce que mon père a à dire sur son après-midi au magasin. Malgré le sang qui pisse de mes gencives, je me dirige vers l'escalier et, de mon poste d'observation habituel, je contemple la scène.

Mon père, furieux, raconte ce qui lui est arrivé.

— Il fallait que ça me tombe sur la tête! Qu'est-ce que j'ai fait, bon Dieu, pour mériter ça. La mairesse qui se fait enlever son petit juste devant mon magasin, pendant qu'elle m'achetait des souliers en plus. Ça t'a fait tout un *chiore*! Tu peux me croire. Ils ont fouillé partout, mais ils n'ont rien trouvé. Le bébé était caché dans le hangar, mon hangar. Personne a pu expliquer ça. Moi, je ne me l'explique pas non plus. Qui est-ce qui peut avoir assez de front pour enlever un enfant en plein après-midi et pour aller le flanquer dans mon hangar. C'est un coup monté. En

tout cas, le maire il m'a juré que jamais il ne remet-
trait les pieds dans mon magasin.

— Le bébé, dans quel état était-il?

— Il était gelé un peu mais c'est tout. Heureusement qu'il n'est pas resté de même trop longtemps...
Maudit sort, maudit sort. Ça fait quatorze ans que ça
va mal. Depuis que tu l'as mise au monde.

— Athanas, reproche-moi jamais ça. Tu sais que
c'est pas de ma faute.

La mère, les yeux pleins d'eau, veut s'approcher
du père. Il la repousse brutalement.

— Va pleurnicher ailleurs. C'est pas le moment.
Tu sais-tu, Mariette, ce que ça veut dire pour moi
cette affaire-là. C'est la ruine. Il n'y aura jamais plus
personne qui va se montrer la fraise chez nous. Le
magasin, c'est fini. CHRL s'est emparé de l'affaire,
puis le petit trou de cul de reporteur il a monté tout
un bateau avec ça. Je suis fini. Fini. Ma réputation
vient de me lâcher. Les gens vont commencer à croire
que je porte malheur. Si jamais je prends celui qui
m'a fait ce coup salaud-là, il est mort!

« C'est moi, le père, tu m'entends-tu? C'est moi,
ta petite Martha, la plus cadette de tes filles, celle

que la nature a trop choyé qui t'as fait ça. Puis elle est contente. Elle pouvait pas mieux réussir. » C'est ce que je voudrais lui dire, mais c'est pas encore le moment. Je regagne mes quartiers un goût de sang plein la bouche. Et ce n'est pas de mon propre sang.

***

Après l'affaire de l'enlèvement, les choses ne se sont pas tassées pour mon père. Son petit commerce bien familial a pris une moyenne débarque. Maintenant, quand il va au magasin, c'est juste pour la forme. Il a le visage de plus en plus cramoisi, l'air renfrogné comme un loup qui n'a plus son os.

Mais la vie continue pareil. Tout le monde a repris les classes. Y compris moi. On a même reçu hier une lettre d'Éric. Hélène est venue nous voir deux fois avec ses trois enfants puis son beau mari. Ils habitent à Roberval, ils pourraient venir nous voir plus souvent. Roberte niaise au magasin. Mon père a quasiment décidé de la retourner à l'école. Il n'en a plus besoin. Le séminaire de Saint-Jérôme est revenu chercher notre Manuel, et Sylvie puis Joseph sont retournés à leurs cours. Toute la famille bouillonne d'activités, ma mère est toujours affairée, elle prépare à manger, nous lave, nous torche, prie pour nous, c'est une vraie bonne petite mère dépareillée. Mon père, lui, est tellement abattu par cette histoire d'enlèvement qu'il passe son temps à radoter et il oublie complètement ma présence. Quelquefois, je la lui rappelle. Pour le remettre de bonne humeur. Lui redonner de l'entrain, le faire redevenir fielleux pour qu'il ait le goût de vivre, quoi. Son magasin ne va plus du tout. Rien ne marche. Il passe son temps à faire des calculs. Il se met sur la table de la cuisine, des grandes soirées de temps, puis il fait des chiffres. À le voir gribouiller comme ça, je sens qu'il m'inspire la bosse des mathématiques. Le problème avec moi, c'est que j'ai la bosse, elle est bien apparente, mais que je n'ai pas les mathématiques. Enfin pas encore. Mais ça peut venir. D'ailleurs, je sais quasiment lire maintenant et même que Félicie, la montagne, en a la langue pendante, la bouche bée. Des fois, elle a l'air presque aussi innocente que moi. Mon père puis Roberte, c'est rendu maintenant l'eau et le feu. Au début, Roberte a bien essayé d'encourager le père mais il ne veut rien savoir. Il se plaît dans sa merde, faut penser. Il remue ça autour de lui à qui veut bien l'entendre et ça fait tout un de ces ragoûts. C'est loin d'être appétissant. Tous les jours, il s'informe de la santé du bébé de la mairesse. Il pense que le bébé va mourir. Il ne peut pas faire autrement. Il se sent abattu, au bout comme on dit. Tant pis pour lui, le salaud. Il n'a rien que ce qu'il mérite. Mais son humeur déteint sur tous nous autres. Il n'y a que moi que ça ne touche pas personnellement. Moi, au contraire, ça me rend gaie. Ça me rend gaie. Ça me redonne le goût de vivre. D'apprendre mes leçons, de montrer que je suis peut-être pas tout à fait aussi niaise qu'ils le pensent, que s'il y a un enfant attardé dans la famille, c'est pas nécessairement Martha, la face maganée, l'infirme de la rue de la Station. Bref, tout le monde a l'air malheureux autour de moi. Ils ont tous des faces basses, des mines à terre. Celle qui m'inquiète le plus, c'est Mariette. Je me demande ce qui est arrivé à la mère mais elle aussi file pas non plus. Elle a les yeux cernés, c'est pas ordinaire. Elle qui, il n'y a pas si longtemps, essayait de remonter le moral de son mari est maintenant tout aussi effondrée. C'est pas que je me soucie de ce qui peut bien lui arriver. Elle peut crever si ça lui chante, elle aura ma bénédiction mais pas mes larmes. Mais que la mère redevienne pieuse, il y a quelque chose de pas normal là-dedans. Je l'observe du coin de l'oeil, j'examine ses gestes et je renifle quelque chose dans l'air. On dirait qu'elle a un péché sur le bout de la langue, qu'elle n'arrive pas à cracher à la face de personne. Mais moi je vais le savoir avant tous les autres, je suis sûre. J'aime ça jouer à la petite détective.

Un matin, comme d'habitude, je descends dans la cave faire les commissions, chercher les patates pour le repas du midi, monter les conserves, le beurre et le pain qu'on garde au frais, lorsqu'en remontant les escaliers, comme d'habitude encore à pleine vitesse, j'entends une conversation entre mon père et ma mère. Je surprends leurs secrets. Même si j'ai la peur collée aux fesses — je n'aime toujours pas avoir les deux pieds dans la cave près de la fournaise qui mène un train d'enfer avec dans l'obscurité des coins et des recoins bien cachés où m'attendent toutes griffes sorties, les monstres — je me force à rester dans la porte entrebâillée, les oreilles en alerte.

— Je te le dis, Athanas, j'ai pas eu mes menstruations. Ça va faire deux mois. Je peux tomber enceinte comme rien à mon âge. Je suis peut-être même enceinte à l'heure actuelle. Y as-tu pensé? Sais-tu ce que ça veut dire? Athanas, réveille-toi, je te parle. T'es pas au magasin ce matin, bien tant pis pour toi, écoute ce que j'ai à te dire. Athanas, as-tu compris, as-tu compris?

Athanas avait compris. Je le voyais par l'entrebâillement devenir blanc comme un drap.

— T'es pas sérieuse, Mariette! Dis-moi que t'es pas sérieuse!

— C'est la pure vérité, la vérité toute nue, sans jaquette.

— Nom de Dieu! S'il faut qu'il nous arrive une affaire de même à notre âge, c'est le bout de la fin. Ça tombe bien mal, Mariette. Le magasin s'en va en faillite, tout le monde va se faire chausser à Roberval ou à Desbiens, ils veulent plus rien savoir de mon magasin. Tu sais que l'argent se fait rare. J'aurais dû rester sur ma terre, puis jamais tout risquer mes biens dans un commerce de cul comme ça. Les souliers, qui est-ce qui achètent des souliers? Ça dure c'est pas ordinaire, les gens vont les faire ressemeler tant qu'ils peuvent. En fin de compte, c'est pas moi qui fait l'argent, c'est le cordonnier. À bien y penser, c'était pas si pire que ça sur la terre, hein, Mariette?

— Ça donne quoi de repenser à tout ça, Athanas. On n'est pas si mal après tout, près de la voie ferrée.

(Moi, je suis habituée au train. Ça me donne le goût de partir pour aller voir ce qu'il y a à l'autre bout des rails, voir si c'est tout du pareil au même partout, si les gens là-bas ont autant de misère que nous autres ici... Chambord boucane, c'est un beau petit village tranquille.)

— Je te dis que je m'ennuie de ma terre. J'aurais pas dû l'abandonner. C'était les grands espaces, du foin partout. Pas de blé, parce qu'il poussait bien mal mais du fourrage pour les animaux... Là, on est poignés dans cette petite cabane-là, presque sur la voie ferrée, puis tu me racontes que t'es tombée enceinte.

Il baisse soudainement la voix.

— Ça remonterait à quand?

— Je pense que c'est le soir de l'enlèvement du bébé. T'étais bien abattu, alors j'ai voulu te remonter le moral. Il aurait dû rester à terre ton moral. Je serais pas dans le pétrin...

Heureusement pour mon père, il vient de m'apercevoir. Il n'aura pas de réplique à donner à ma mère. Ça va lui épargner de la salive de ce côté-là. Mais de mon côté à moi, je suis finie.

— Tu écoutes aux portes maintenant!

Il est en colère bleue. Il n'aime pas qu'on surprenne ses secrets intimes.

— Enfant de malheur, disparais ou je te mets en bouillie. T'as la face encore toute beurrée. Tas de crasse, va.

— Elle est allée faire des commissions et je l'avais complètement oubliée celle-là.

— Qu'est-ce que t'as entendu?

— Pas grand chose. Rien que ta femme est enceinte. Je vais avoir une petite compagne pour jouer, et peut-être qu'elle sera infirme comme moi et alors on pourra encore mieux jouer...

— Veux-tu te taire, Nom de Dieu!

C'en était trop pour ma mère. Elle ne peut pas en

supporter davantage. De grosses larmes toutes pote-lées viennent rigoler sur son visage, suivent les ri-des, la face en grimaces et sont essuyées d'un revers de main.

— Tu fais pleurer ta mère maintenant!

La baffe que j'attendais m'arrive en pleine figure. Je vois des étoiles un peu partout. Puis elles s'étei-gnent. Je sens mes yeux se remplir de haine, ça dé-borde. Il y en aurait dans toute la pièce si c'était du sable, la maison serait enterrée, Chambord boucane aussi, le paysage serait une plage sablonneuse et le lac Saint-Jean, un désert. Je dominerais tout bien as-sise sur ma dune de haine. Les salauds! Ils m'ont mis au monde, mais ils n'ont pas eu le courage d'al-ler plus loin. Je n'existe pas, je ne compte pas. Je fais les commissions. Je suis la porteuse de patates. J'ai la face endolorie et le coeur lourd de haine.

— Ton bébé, Mariette, j'espère qu'il sera aussi beau que moi.

J'attends pas pour savoir s'ils ont bien compris. J'essaie de déguerpir avec le moins de lenteur possi-ble. Pour les retarder, je lance le plat de patates à terre, cela fait un fracas épouvantable contre le plancher de la cuisine. Mon père me rattrape. Il a l'oreille fine, il a bien compris, je présume. Il veut me faire avaler ça. Mais il est à court d'arguments, je ne mérite pas qu'on discute avec moi. Vlan! Vlan! Vlan! voilà les coups. Je suis immunisée, je pense. Je ne les sens plus. « Vas-y, le père, tu peux fesser. Ta petite Martha, tu l'as endurcie. J'aurai encore des bleus partout et mal aux côtes. » Mais cela me laisse le plaisir de les haïr en silence en attendant.

***

Depuis que je suis au courant de l'affaire, tout a changé dans la maison. Je n'ai plus ma place nulle part. Ma mère a décidé de me prendre en aversion. Elle ne peut pas me voir. Elle ne veut pas influencer l'enfant qu'elle porte. Elle ne veut pas qu'il soit comme moi. Alors elle me fuit. Elle a peur de ma réalité. Il va naître un dixième enfant. Moins les deux qui sont morts sur la ferme. Ça va en faire huit de vivants. Plus les parents, ça va faire une addition de deux personnes. J'additionne donc deux à huit. Soit mes dix doigts. Je suis chanceuse que ça ne dépasse pas dix, parce que mes connaissances mathématiques ne vont pas plus loin. Félicie m'a montré à calculer ces derniers temps. Je lui suis extrêmement reconnaissante de m'avoir montré les mathématiques. Je sens que j'ai plus d'avenir de ce côté. La lecture ça m'emmerde, mais les calculs c'est mon rayon. Je répète les chiffres jusqu'à dix pour être sûre de ne pas les oublier. Les lettres de l'alphabet puis dix chiffres, mon bagage intellectuel n'est pas bien riche, mais c'est mon début dans la vie. Il faut bien commencer par une base quelque part.

Les jours d'automne se traînent péniblement, et le froid est partout. Il ne manque que la neige pour que je puisse au moins aller jouer dehors. Faire des bonhommes, penser à autre chose qu'au quotidien, aux mêmes platitudes de la télé, au désespoir qui commence à me ronger au fur et à mesure que je me sens plus seule, à des milles de ma famille, étrangère et lointaine. L'automne progresse, et le ventre de ma mère aussi. Il commence à bedonner. Et je sens déjà que l'enfant qu'elle porte me hait. Il a peur de moi autant que ma mère a peur de moi. Je sens qu'il se recroqueville, qu'il devient minuscule à mon approche. Je ne sers même plus de porteuse de patates. Je ne fais plus aucune commission. J'ai été abandonnée par tous. De temps en temps, mes frères et soeurs viennent passer une fin de semaine à la maison, et personne ne joue plus avec moi. Je ne suis plus rien, sauf pour Félicie. Je pense que mon père va me l'enlever elle aussi. Plus de Marguerite, plus de Félicie. Martha n'est plus rien.

Le pressentiment que j'ai eu n'a pas tardé à se réaliser. Mon père a décidé qu'il ne dépenserait plus un sou pour moi. Que mon instruction, c'était fini pour le moment. Que ça me servirait jamais.

D'ailleurs, qui est-ce qui veut d'une sale petite infirme puis laide à part de ça. Elle a beau pourrir sur place, la Martha, pourvu qu'elle ne pue pas trop pour ne pas déranger les autres. Et tous s'accommoderont bien de sa mort insignifiante. Je pense qu'ils n'attendent que ça. Mais ils m'en ont trop fait baver pour que je disparaisse comme je suis venue : à l'improviste. Comme le sera le dixième de la famille. Qu'on essaie d'éloigner de mon emprise. Parce que je porte malheur rien qu'à me côtoyer, les gens se déforment et surtout les bébés qui ne sont pas encore formés.

Ma mère est allée voir le curé pour lui dire qu'elle ne voulait pas de ce dixième rejeton, qu'elle en avait marre de Dieu et de ses bienfaits, qu'elle pourrait bien s'en passer un bout de temps. Que c'était pas le moment à son âge d'avoir une autre maternité. Mais le curé il tient mordicus à la vie de ce foetus de rien qui prend déjà trop de place dans la maison et qui, pour commencer, s'est déjà accaparé de la mienne. C'est vrai qu'elle n'était pas bien difficile à prendre. Un enfant qui mange en-dessous de la table, ça n'a pas de place du tout. Je l'ai entendue se plaindre du curé durant l'une de ces longues soirées monotones.

— Athanas, je suis allée voir le curé pour l'enfant. Je lui ai dit que j'en voulais pas. Sais-tu ce qu'il m'a répondu? Il m'a dit que je devrais voir l'autre côté de la médaille. Que j'étais bien chanceuse à mon âge justement d'avoir encore assez de ventre pour porter un enfant que Dieu avait bien voulu nous envoyer.

— Ils comprennent rien les curés. La vie pour eux autres, la seule chose de bien que ça doit faire, ça doit continuer. Faut que ça continue, que ça s'étende, qu'on se multiplie. Pourtant, on avait bien fait notre part. On a eu nos souffrances, hein, Mariette! Quand je repense au passé, il me semble qu'on était mieux à ce moment-là, lorsqu'elle était pas là, la Martha. Dieu qu'on était bien sans elle. C'est un oiseau porte-malheur. Je suis sûr que c'est elle qui a commandé aux chevaux. Tu sais quand Édouard et Mathieu étaient au milieu de nous autres.

Je leur avais dit de pas grimper sur le voyage de foin. Mais les petits sacripants ils écoutaient rien. Ils étaient debout sur le voyage tous les deux et ils m'envoyaient des grimaces en riant, moi, la fourche à la main, je ramassais le foin et je le lançais à toute volée, à bout de bras dans la charrette. Je trouvais pas ça prudent de les voir jouer comme ça sur le dessus de la charrette à une dizaine de pieds du sol. Puis tout s'est passé si vite. Les chevaux se sont emballés, j'ai pas compris pourquoi, puis les deux enfants sont allés s'écraser à terre. Tous les deux ils sont mal tombés. Tous les deux en même temps. Un malheur de même, c'est pas des choses à faire. J'étais tellement surpris par la tournure des événements, tellement consterné que j'ai rien vu d'autres que mes deux enfants qui gisaient sur le sol, dans le foin court que je venais juste de faucher. Du foin qui poussait à contre-coeur à cause des roches. Mathieu est mort sur le coup et Edouard a passé six mois dans le plâtre, mais il était tellement rendu faible, il s'est laissé mourir. Ça m'en faisait deux de partis d'une seule volée et ça s'est passé tellement vite. J'ai jamais su pourquoi les chevaux se sont emballés. Mais je me doute qu'il devait y avoir de la Martha là-dessous. C'est elle qui a dû s'approcher des chevaux, qui leur a fait peur, je sais pas comment, mais ils sont devenus fous.

— Accuse pas sans preuve, Athanas. Tu peux pas dire que c'était Martha. Tu l'as pas vue.

— Je l'ai pas vue, je l'ai pas vue mais je sens que c'est elle. Tu me comprends, la femme? Mon intuition me dit que c'est elle. J'ai eu beau la questionner par la suite, lui demander ce qu'elle avait fait, mais elle était muette comme une carpe. À quatre ans, il lui sortait rien que des sons du fond de la gorge, elle marmonnait, il n'y avait jamais rien à comprendre de cette enfant-là, à part de comprendre qu'elle existe. Je pensais bien qu'elle allait me faire des signes de tête, n'importe quoi, je m'attendais qu'elle allait me sortir quelque chose. Tu sais que les animaux pouvaient pas la sentir. Qu'ils se mettaient à grouiller comme des fous quand ils la voyaient. Il n'y avait rien que Prince, ce petit bâtard de chien qui restait avec elle, mais dont je me suis débarrassé. Je trouvais trop qu'ils se ressemblaient ces deux-là. En tout cas, ma femme, le malheur nous est tombé sur la tête à la naissance de cette enfant-là. Quatre ans après, je perdais deux de mes fils, ceux dont j'étais le plus fier parce qu'ils précédaient Martha, qu'ils étaient beaux eux, intelligents. Après, j'ai vendu ma terre parce que j'avais perdu le goût de tout. J'étais écoeuré de trimer pour des crottes. Je parvenais juste à survivre. Je sais que c'est le père qui me l'avait laissée, qui m'avait fait jurer sur son lit de mort, je m'en rappelle comme si c'était hier, de jamais vendre la terre que lui aussi avait reçue de son père qui la tenait de son père à lui.

Ça remontait tellement loin l'histoire de cette terre-là, il voulait tellement que je la garde, que j'élève mes petits dessus, j'avais de la place, de l'espace en grand. Mais après cette tragédie, Mariette, tu le sais, j'avais perdu le goût. Je voulais plus rien faire. J'ai décidé de tout plaquer ça là, de vendre au plus offrant. Il s'est trouvé que c'était le voisin, qui me l'a arrachée pour une bouchée; en tout cas, j'en avais assez pour m'établir au village, à Chambord boucane, et acheter ce commerce de cul qui fonctionne pas plus que mes fesses.

Là, je suis poigné. C'est fini. Au moins, on parvenait à vivre. C'était pas le grand luxe, mais c'était loin d'être la misère. J'ai pu élever la famille, ils se sont tous disséminés d'un bord et de l'autre, éparpillés comme des papillons. J'ai été dur, je laissais rien passer mais néanmoins on avait un commerce puis une maison sur le bord bruyant des rails — mais une maison tout de même —, un peu d'argent en banque, tout allait pas trop pire jusqu'à l'enlèvement.

Sais-tu ce qu'il a dit, le maire? Le sais-tu? Il m'a dit, je m'en souviens parfaitement, « on remettra plus jamais les pieds ici, on se fait voler nos enfants chez vous ». C'est ça qu'il a dit et devant tout le monde. Comment veux-tu que je vende des souliers si jamais personne remet les pieds dans mon magasin? Hein! Mariette! Ils ont jamais pu découvrir la vérité sur cette affaire d'enlèvement. Ça sent la Martha tout craché. Des histoires de même, c'est des histoires pas normales.

Un enfant ça disparaît pas comme ça devant un magasin. C'est intentionnel. Une affaire pas normale de même faut que ça soit faite par une personne pas normale...

— Athanas! Est un peu difforme la Martha, mais de là à dire qu'elle est pas normale et qu'elle fait des choses pas normales... tu y vas fort, Athanas. J'admets qu'elle a ses défauts, ma fille, mais tu pousses trop, Athanas.

— Je te dis que tous les malheurs qui nous sont arrivés, c'est elle qui nous les amène. Elle va les chercher où est-ce qu'elle a pas d'affaire, puis à nous les laisse tomber sur la tête après. C'est nous autres qui sommes poignés avec. J'aurais bien dû l'envoyer à l'hospice, j'aurais bien dû...

— Un de mes enfants à l'hospice, jamais Athanas. Il ne sera pas dit que j'aurai des enfants à moi à l'hospice, ils ont beau être cent fois pires que Martha. Mes enfants sont à moi, puis je les garde. J'aurai pas souffert neuf mois, enduré tout ça pour aller enterrer la chair de ma chair dans un hospice de fous. Pour qui tu nous prends, Athanas?

— O.K., O.K.! la femme, monte pas sur tes grands chevaux. Mais tout serait pas arrivé si elle était à l'hospice.

— Tu le sais pas. Personne le sait. Il aurait pu nous arriver des choses pires que ça. Il pourrait nous arriver des choses pires que ça. Penses-tu à l'enfant que je porte, Athanas? Si on se débarrassait de Martha, elle pourrait se revancher pour vrai et peut-être que l'enfant il lui ressemblerait pour vrai. Dieu voudrait ça pour nous punir. En attendant, tout ce que je veux, Athanas, c'est de voir Martha le moins possible. Je veux pas penser à ça. Tu sais comment je suis impressionnable. Tu comprends-tu ma situation, Athanas? Martha, je veux pas l'envoyer à l'asile, mais je veux pas l'avoir dans les jambes trop souvent non plus. À cause du bébé qui m'arrive sur le tard...

— Je te comprends pas, ce serait bien plus facile de s'en débarrasser. À l'asile, c'est plein de gens comme elle. Tu l'oublierais, ce serait pas long, tu la verrais plus devant toi, t'aurais pas à t'inquiéter pour l'enfant.

— Un geste de même, Athanas, ça nous porterait malheur, bien plus que toutes les peccadilles qui nous sont arrivées jusqu'à présent...

— T'appelles ça des peccadilles? Es-tu folle, Mariette? Un enfant infirme qui nous tombe de l'enfer comme ça, peu de temps après je perds deux de mes garçons, je vends la terre de mon père, je reste avec un commerce qui fonctionnait jusqu'à il n'y a pas si longtemps, puis un enlèvement de bébé sur le seuil de ma porte, le drame dans toute la ville pis quasiment dans tout le Saguenay—Lac-Saint-Jean, puis t'appelles ça des peccadilles? Et puis tu tombes enceinte en plus...

— T'avais rien qu'à te retenir, Athanas, c'est de ta faute, maudit. Mets-moi pas ça sur le dos, j'en ai assez comme ça à supporter, qui est-ce qui va le mettre au monde cet enfant-là? C'est certainement pas toi avec ton air d'à moitié mort, voyons Athanas, cesse de te plaindre puis grouille un peu. Réfléchis, fais des ventes, annonce à CHRL, dans l'Étoile du lac, fais quelque chose, ma foi du bon Dieu, puis cesse de parler de tes malheurs puis de tes petits problèmes. Ah! pis j'en ai assez de discuter avec toi, tu me décourages. Tu t'en viens pire que Martha, au moins on l'entend pas elle...

Mon père entre dans une colère furieuse. Il voudrait démonter toute la maison, la couper en morceaux, tout faire éclater mais ma mère impassible, muette lui fait la sourde oreille, elle a tout dit ce qu'elle avait à dire et il ne sortira plus un mot de sa bouche jusqu'à demain. Athanas est bon pour le sofa.

Et moi, je me veux minuscule, bien cachée dans mon coin en haut de l'escalier, dans l'ombre. J'ai tout entendu, j'ai bu leurs paroles, je connais leurs plans maintenant. Ils veulent m'enfermer. J'imagine déjà les portes immenses de l'hôpital Sainte-Élizabeth qui s'ouvrent et moi qui monte les marches à petits pas pour être engloutie... Un frisson de mort me parcourt l'épine, je deviens glacée comme le marbre, mon reste de petite vie chétive et boiteuse, ils veulent me l'arracher! Ils veulent me priver de l'illusion de liberté qui me reste. Et la haine surgit de nouveau en moi jusqu'à me faire complètement ignorer les hurlements de mon père, pendant que la vaisselle vole et s'écrase implacablement contre les armoires.

***

Par le carreau de ma vitre embuée, je vois la neige qui tombe, câline, sur la terre nue. L'hiver annonce son arrivée à coups de flocons blancs.

Depuis ces derniers jours, les discussions entre père et mère, chien et chatte, sont intenables. Moi qui ne fais que passer pour aller me chercher de temps à autre des morceaux de pain sec, j'attrape au passage les coups de mon père qui profite de ma présence pour s'épancher. Chez nous, c'est maintenant le bordel familial. Mon univers craque, et les fissures de ma coque de verre laissent passer la terreur de vivre. Je suis devenue si nerveuse que mes pupilles ne se ferment plus la nuit. Je me sens graduellement dépérir au fur et à mesure que tout dépérit autour de moi. Nous n'avons plus de visite. Il n'y a plus de visages humains dans les alentours, le goût de tout quitter m'a pris. Monter en cachette à bord d'un de ces trains qui partent sans cesse mais qui sont toujours là. Qui empoisonnent de leur fumée le petit village si paisible de Chambord. Ce serait facile et je disparaîtrais, ni vue, ni connue, à l'autre bout de la voie, là où sans doute les rails se rejoignent. Et je regarde dans le petit matin brumeux monter la vapeur des machines. Le train de Montréal vient d'arriver, je distingue les silhouettes des passagers qui se rendent à la gare pour se dégourdir et déjeuner. J'imagine le bonhomme Siméon manoeuvrer avec ses grosses mains les oeufs et les toasts pendant que sa voix sonore retentit pour égayer les clients. Quelques autos arrivent à la gare. Les chanceux n'auront pas à faire le trajet qui reste jusqu'à Roberval ou Saint-Félicien à bord du train. Les gens ont l'air endormi malgré le froid et ils semblent avoir tant de choses à conter dont j'ignore même l'existence, que je ne soupçonne même pas. Ma petite vie d'infirme me fait honte. Le goût des grands départs me saisit, m'étreint, j'ai la gorge toute sèche. Je suis une éternelle assoiffée.

Tous les soirs et tous les matins, je surveille la voie. Le train quitte presque vers minuit et revient le matin avant six heures. Et ce qui se déroule durant ce laps de temps m'intrigue. Et mon imagination parcourt les rails, pendant qu'à l'intérieur de l'arène familiale, on ne discute toujours que du magasin qui va de mal en pis, de mon père qui parle de mettre le feu, de tout faire brûler, la maison avec. Au moins, il y aura les assurances et avec les assurances il pourra redémarrer encore et peut-être cette fois s'ouvrir un nouveau commerce, vendre des soutiens-gorge, il adorerait ça, qu'il a dit. Et quand il parle comme ça, je vois poindre de mauvaises lueurs dans ses yeux, tandis que moi je fais l'indifférente et que, par la pensée, mes narines s'emplissent déjà de la bonne odeur du roussis. Le bois calciné, la cendre encore fumante, les pompiers, l'excitation de tout le monde, j'imagine dans les moindres détails, et ce qui me reste de coeur se met à battre violemment.

Si je partais, je me demande si on s'en rendrait compte. Si quelqu'un dans la famille s'apercevrait que je ne suis plus là. Irrésistiblement l'inconnu m'attire, et un soir, la tentation est trop forte. Habillée de ma plus belle robe et de mon plus beau manteau, mes poches pleines de gros sous, je sors par le balcon d'en arrière et, à petits pas furtifs, je me dirige vers la gare. Le train attend pour faire monter les passagers. C'est un lundi et il n'y a pas grand monde.

Je pense tout d'abord à aller m'acheter un billet, mais je juge la dépense inutile.

Il me faut grimper sans que personne ne s'en rende compte. C'est plus facile qu'on le pense. Il suffit de monter directement. À l'intérieur, tout est vide, il n'y a pas un chat. Je m'assieds près de la sortie; au cas où le contrôleur passerait, je pourrais toujours me réfugier dans les toilettes. En attendant, je regarde par la fenêtre et je me sens prise d'une étrange sensation, j'ai l'impression que le wagon est à moi, que le train m'appartient, que je suis la seule propriétaire de la voie... Mon exaltation dure peu, j'entends déjà des voix, puis des pas, des cris, des rires, et l'odeur de l'alcool me remplit les narines. Cette odeur si caractéristique qui accompagne mon père, qui le suit partout. Ils doivent être sept ou huit, ils semblent faire tous partie de la même bande. Des jeunes chômeurs qui crissent le camp. Qui en ont assez du lac pis des chèques d'assurance, qui veulent vivre par eux-mêmes. Personne ne m'a encore aperçue.

— Tabernacle, les gars, on va avoir du fun, c'est

moi qui vous le dis. Le trajet est long, crisse, mais on verra rien.

— On a au moins trois vingt-quatre de bières puis deux quarante onces. Avec ça, on est prêts à faire un hostie de bout.

Ça va barder que je me dis. Les maudits ils ont besoin de pas me déranger. C'est mon deuxième voyage en train, le premier, je l'ai fait vers Roberval, avec ma soeur Hélène qui m'emmenait faire un tour chez elle. Pour soulager ma mère qu'elle disait, et je tiens bien à en profiter.

Ils sont juste sept ou huit, puis y font un de ces trains d'enfer. Puis on est pas encore partis. Et puis soudain l'ébranlement initial, le paysage qui se met à bouger dans la nuit. C'est un départ. Je vois passer devant moi la petite maison des Thomas, la maison à Athanas et à Mariette, je leur fais à tous les deux un bye-bye intérieur et je leur souhaite d'aller chier. Et qu'ils restent dans leur merde jusqu'au cou. Les lumières de Chambord disparaissent, puis le train fait un long virage comme s'il avait décidé de revenir en arrière, il l'effectue très lentement, et puis c'est la nuit noire à l'extérieur et la forêt qui déjà nous entoure et qu'on peut sentir autour de soi à cause de la lune toute ronde qui ressemble à un suçon d'enfant.

— Tabernacle, les gars, avez-vous vu le crémeau dans le coin? Regardez-moi ça, parlez-moi d'une belle horreur de même. Qu'est-ce que tu fais icitte, ti-monstre?

C'est à moi qu'il s'adresse, le salopard. Je ne voulais pas qu'on me remarque et je suis poignée encore une fois. Maudite vie.

— A parle pas. Avec la gueule qu'elle a, est mieux de pas l'ouvrir. N'est-ce pas, les gars?

— Antoine t'as toujours raison, toi! Laisse-la faire, pis viens t'abreuver à la bouteille maternelle.

— Comment ça la laisser faire? J'y ai parlé, je veux qu'a me réponde. Antoine quand y parle, y aime qu'on cause de retour. T'as compris, la belle?

— Touche-moi pas, maudit. Vas te soûler pis laisse-moi tranquille. Je te connais pas, pis je veux pas te connaître.

— Tu t'es fait répondre hein, Antoine! Parle-moi de ça une pelote qui a du caractère de même. En attendant, prends une gorgée, Antoine.

Ils se passent la bouteille, puis ils semblent

m'oublier pour un moment. Ou c'est peut-être moi qui les ai oubliés. Je regarde la lune qui nous lâche pas depuis tout à l'heure. La nuit est toute noire et pleine d'étoiles. On peut pas compter les étoiles, parce quand on commence, on a pas assez d'une nuit. Le soleil se montre la binette, puis les étoiles lumineuses s'enfoncent dans l'inconnu.

— Billets, s'il vous plaît. Billets, s'il vous plaît! Le contrôleur s'en vient, maudit. Vite, les toilettes. Et c'est pas long que les toilettes et moi on se rencontre. Je ne barre pas la porte, comme ça y pourra pas penser qu'il y a quelqu'un qui se cache. Je retiens mon souffle et je respire par les oreilles. Après dix bonnes minutes qui m'apparaissent interminables, je sors lentement de la toilette des dames, et il y a deux trois gars qui m'attendent. Je sursaute.

— Tu te caches du contrôleur, t'as pas de billet, la noire?

— Une passagère clandestine de quatorze ans au moins à bord d'un train du CN, c'est des choses rares qu'on voit là, mes frères.

— Envoye, la noire, viens prendre un coup avec nous autres. T'as-tu déjà goûté à ça de l'alcool. Viens, tu vas voir comme c'est bon. À moins que t'aimes mieux fumer un joint. Vas-y, André, apporte-nous ça ce joint-là qu'on l'offre à mademoiselle.

Ils sont tous aux alentours de moi, ils me cernent.

— T'as remarqué qu'on s'est montré très discret avec le contrôleur? T'es ni vue, ni connue icitte. Es-tu contente, ma noire? Viens, tu vas voir que le fun ça manque pas avec nous autres.

Là-dessus, ils me rentrent le goulot du quarante onces d'alcool dans la gueule, puis ils me forcent à boire de cette saleté-là.

— Vous allez me rendre malade, arrêtez!

Pas moyen. Ils me nourrissent comme un bébé au biberon, je me mets à crier mais je suis toute seule dans ce maudit wagon. Le goulot m'accroche les dents, et le liquide coule sur mon manteau que je n'avais pas encore enlevé et sur ma belle robe qui se cache en dessous.

— Va falloir que tu te mettes à poil, ma nounoune, t'es trop mouillée!

— Ça, ce serait une bonne idée, voir cette face de cauchemar-là à poil jusqu'aux orteils, on aurait des souvenirs tout le reste de notre vie.

Les larmes me montent naturellement aux yeux. J'ai pas pris le train pour connaître ailleurs un enfer pire que celui d'où je viens. Je voudrais bien me rendre à l'autre bout de la voie. Si à Montréal tout le monde est comme ces gens-là, j'aime mieux mon enfer.

Des larmes qui roulent sur mes joues, je me démène comme je peux et j'ai un hoquet de frayeur collé au ventre.

— Lâchez-moi, maudit, lâchez-moi...

— Toi, tiens-toi à la porte de ce bord-ci, pis toi de ce bord-là. Si jamais il y a quelqu'un qui passe, avertissez-nous.

Les deux sentinelles s'installent immédiatement à leurs postes respectifs pendant qu'on m'entre de nouveau de force le goulot du quarante onces dans la bouche. J'avale tout de travers, et le coeur me bat tellement fort dans la poitrine qu'on dirait qu'il est passé dans mon estomac. On me tient les deux bras pendant que le chef de bande m'ausculte sur tout le corps.

— T'es pas bien gréée pour ton âge. C'est vrai que tout ton sex-appeal tu l'as dans la face. Regardez-moi ça, est juste que déformée des hanches, hostie on aurait pu être plus chanceux. Tu me donnes mal au coeur. T'empestes plus que moi à part ça. Mais chose commencée, chose à finir. Tout est tranquille, les gars, pas de voyageurs impénitents qui font la navette entre les wagons?

Il sort de ses poches un couteau à cran d'arrêt qu'il m'exhibe.

— On va te découper en lamelles. T'es contente?

— Je t'ai rien fait moi, lâchez-moi donc, maudits salauds!

D'un geste précis, il tranche mon soutien-gorge et me l'enlève complètement tout en faisant attention de rien déchirer de ma robe ou de mon manteau. Au cas où il passerait quelqu'un, il veut que rien ne paraisse.

Soudainement, j'arrête de lutter, je ne fais plus d'efforts pour m'évader, alors les geôliers relâchent leur étreinte, juste un moment, juste assez pour les surprendre. Je bondis comme une louve au visage d'Antoine et je le mords de toutes mes dents en pleine face. Il pousse un hurlement à faire arrêter le train.

— La tabernacle, les gars, la tabernacle, vous avez vu ce qu'elle vient de me faire!

Les deux gardes du corps m'ont déjà empoignée pendant qu'Antoine s'essuie le bord des lèvres d'où le sang pisse.

Il se met à chialer comme une madone, mais c'est pas un chialement ordinaire. Je pense que je suis allée trop loin. Et que je vais le regretter.

— Quand j'aurai fini avec toi, tu vas penser que t'étais belle avant. Je te le garantis, passez-moi le quarante onces.

— Antoine, fais pas le fou! Qu'est-ce que tu veux faire?

— J'ai dit : passez-moi le quarante onces, calice de tabernacle. Cette chienne-là, elle va payer. Elle m'a quasiment arraché un morceau de la face. Je vais avoir ses crocs de marqués dans ma face jusqu'à fin de mes jours!

Puis il se remet à chialer, il est comme devenu fou.

— Toi aussi tu vas être beau Antoine, tu vas voir ce que ça donne.

— Puis elle parle encore, la tabernacle! Le quarante onces, les gars! Le quarante onces.

Personne ne veut lui donner. Ils ont tous l'air dépassé par le drame. Mais mes deux gardes me tiennent bien quand même. Ils ne me lâchent pas.

— Tu mordras jamais plus personne.

Antoine ramasse lui-même le quarante onces sur le banc puis, sans faire ni une ni deux, il me le fracasse en plein visage...

***

Je pense que c'est le froid d'abord qui m'a réveillée et surtout sans doute cette horrible sensation d'engourdissement douloureux, comme si mon visage ne faisait plus partie de moi-même. Je suis toute seule en plein bois, le long de la voie ferrée, dans la neige qui tombe, indifférente. Je ne parviens pas à remuer mon bras gauche et le miracle, c'est que je ne me souviens de rien. Je ne sais pas ce que je fais là. À des centaines de milles de chez moi. Ce doit être encore un de ces cauchemars qui ne me quittent jamais et qui, pour changer, a pris une autre forme trop semblable à la réalité. Je ferme mes yeux, profondément, pour faire fuir le cauchemar et pour que rien de tout ceci ne soit vrai. Quand je les ouvre à nouveau, c'est pour m'apercevoir que je suis bien là, que c'est bien moi qui suis aplatie le ventre contre terre, le bras gauche paralysé, la bouche pleine de sang, dans la forêt des Laurentides, au milieu de la nuit pendant que la neige tombe et me recouvre. Puis les souvenirs pêle-mêle, le visage émacié d'Antoine et la morsure au coin des lèvres, le goulot du quarante onces contre les dents, la gagne d'écoeurants tout autour de moi. Ils ont dû me prendre et me jeter par dessus bord, ni vue, ni connue. Je vois à la flaque de sang qui m'entoure, que la vie, ma chienne de vie est en train de me quitter avant que j'aie même eu le temps de lui dire adieu. Tout ça s'est passé si vite, j'y étais tellement pour rien, j'ai pas eu de mots à dire, ça s'est fait tout seul.

Je suis transie. Le froid m'habite par chacun de mes pores, et je sens que je me solidifie peu à peu. Martha va finir dans la glace. On la retrouvera sans doute au printemps, si les loups ne l'ont pas repérée d'ici là, on se demandera peut-être ce qui lui est arrivé et personne ne répondra.

Tout de même, je dois faire cet effort insurmontable pour ne pas laisser la léthargie m'envelopper, pour me traîner. J'avance en rampant à trois pattes, et la sensation de froid me quitte. Bientôt, je sue à grosses gouttes. Je dégouline comme mille fontaines. Je ne sais pas ce qui me pousse à avancer, la peur de mourir sans doute, le dernier reste de conservation, je suis un animal qui lutte pour sa seule survivance. Je ne quitte pas la voie ferrée d'un pouce, je suis les rails comme s'ils devaient me conduire quelque part après m'avoir abandonnée.

L'interminable nuit se dérobe peu à peu et un jour mince, sans soleil, pointe à l'horizon. Je n'en peux plus et, au moment où mes derniers espoirs s'effritent, j'aperçois une cabane où fume la cheminée, mais c'est trop tard et trop loin pour moi.

***

— Cinquante-deux points de suture qu'il a fallu lui faire et trois transfusions sanguines. Elle n'aura pas l'usage de son bras gauche de si tôt...

Un brouillard brumeux, tout en gélatine, m'entoure de son nuage mais, malgré lui, des voix d'un autre monde me parviennent et je les entends de tellement loin que je dois presque deviner ce qui se dit.

— L'inspecteur nous a fait comprendre qu'il fallait qu'on l'appelle aussitôt qu'elle sera revenue à elle... Était pas belle à voir quand elle nous est arrivée...

— Elle serait arrivée en petits morceaux que ça n'aurait pas été pire... elle était juste bonne pour le croque-mort, et encore je pense qu'il n'en aurait pas voulu. Il aurait préféré l'envoyer à son concurrent et la faire cendrifier. Autrement, il aurait passé pour pas avoir de métier, avoir manqué sa vocation, être un boucher de cadavre, une honte pour la profession des écouteurs de requiems...

— Docteur, vous avez un de ces langages, on est à l'hôpital ici et c'est de votre patiente qu'il s'agit. Vous l'avez sauvée je ne sais pas par quel miracle, mais vous devriez faire attention si vous ne voulez pas que votre estropiée reparte pour l'au-delà. Elle est quand même un peu jeune pour le ciel.

— Ou l'enfer...

— On ne va pas en enfer à son âge. Voyons.

— Y a-t-il un âge particulier, à votre avis?

— Pas que je sache. Mais c'est bien plus dangereux à mon âge!

— Surtout quand on vous ressemble. Que diriez-vous d'un souper chez moi ce soir.

— Dans la plus profonde intimité, je suppose...

Et leurs rires éclatent dans le tuyau de mon oreille comme une déchirure. J'ai le tympan troué sans doute, il y a des gens qui s'amusent près de moi.

— Elle vient de bouger. Elle revient sans doute à elle.

J'ouvre mon oeil sur le monde qui m'apparaît soudain d'une blancheur immaculée. La senteur de l'hôpital m'enveloppe.

— Ma fille, t'es à l'hôpital et mal en point. Ici, t'es aux soins intensifs et tu vas y rester pour quelques jours encore. Après t'auras une chambre avec les autres. Si tu comprends ce que je te dis, ferme les yeux.

Je ferme les yeux, mais j'oublie de les rouvrir.

Je suis à La Tuque, à une centaine de milles de chez moi. Je n'ai pas encore dit un mot depuis que je suis arrivée. Je pense d'ailleurs que je n'ai jamais parlé à personne auparavant, je ne m'en souviens pas.

J'ai passé ma vie muette mais malheureusement, je n'étais pas sourde ni aveugle.

Ce doit bien faire quinze jours que je suis ici. L'inspecteur de police est venu; il m'a posé toutes sortes de questions, il m'a fait tout un blabla, mais je ne parviens pas à prononcer un mot. Je n'en ai même pas l'envie. Je n'ai le goût de rien. On me nourrit avec de la nourriture liquéfiée, avec du sérum quand je suis trop rébarbative, on prend soin de moi pour la première fois mais je suis incapable d'apprécier quoi que ce soit.

J'ai perdu presque toutes mes dents d'un coup de bouteille, et l'intérieur de ma bouche est encore en compote.

Personne ne sait qui je suis, d'où je sors et ça les intrigue, un fantôme. On pense que je me suis évadée d'une institution. On a téléphoné à l'hôpital Sainte-Élizabeth à plusieurs reprises, à Saint-Michel Archange, à Saint-Jean de Dieu, mais il n'y a pas moyen de me trouver une crèche. Ce qu'ils ne savent pas, c'est que je viens des trois institutions à la fois, j'arrive de chez mon père. De ma petite famille à moi, bien chouette et bien à la mode. Avec ses huit enfants morts et deux de vivants, je veux dire avec ses sept enfants vivants, deux de décédés et une autre dont on ne parle pas. Je me demande où ils sont tous maintenant, ce qu'ils font, s'ils me cherchent ou s'ils pensent que je suis partie comme je suis venue : à l'improviste. Une bouche de moins à nourrir, ça compte. Mon père doit respirer dans son pantalon, en rajustant sa ceinture, il va pouvoir faire du ventre maintenant, prendre de l'ampleur, bourgeonner de vitalité; sa petite Martha a crissé le camp, levé l'ancre; évanouie, la petite Martha à la maman et à son papa. Je me demande si le jour de ma fête est passé. Je ne sais pas quelle date on est. Et comme je ne sais pas lire encore, qu'on m'a coupé l'inspiration de la science juste au moment où ça commençait à entrer dans mon crâne obtus, je peux finalement mourir ici sans savoir mon âge. Mais pour ce que ça peut changer pour moi. Tout de même, le 15 novembre, c'est mon anniversaire et j'y tiens. Je n'ai plus de poupée Marguerite ni de fournaise où la jeter, mais il me reste ma monstrueuse personne, au sourire édentée, à la bouche de verre, pleine de débris miroitants au goût d'alcool putréfié. J'ai survécu, et la survivance a bien ses petits caprices.

Mon visage est un pansement général dans lequel percent deux yeux d'une étrange profondeur. En me voyant dans la glace ce matin, j'ai pu constater les dégâts. Je me sens enflée de partout, j'ai les pommettes saignantes, on est obligés de changer mon pansement trop souvent. Les gardes de service se plaignent, tandis que moi je ne geins même pas, je les laisse se plaindre à ma place comme si elles pouvaient endurer ce que j'endure, comme si elles souffraient pour moi.

Cinquante points de suture ou plus, ça doit faire beaucoup de fil pour une seule personne. L'hôpital doit être au bout de son fuseau. On veut me les enlever. Et on procède à l'opération.

— Voilà, ça n'y paraîtra pas, mon minou.

Un docteur qui m'appelle son minou, il doit pas être sur terre ou c'est parce que ça fait bien longtemps qu'il a pas vu de chat.

— Tu vas voir, l'enflure va disparaître et puis le mal aussi. Tu veux-tu un miroir pour voir de quoi t'as l'air à présent?

Il me présente le miroir et, comme je n'ai plus de bandages, je peux me contempler dans toute la force de mon âge, dans toute ma vigueur. Le spectacle est surprenant. Je me reconnais à peine. Pourtant, avec des cicatrices comme celles-là, j'ai une face qu'on n'oublie pas. J'essaie de me repenser comme j'étais, mais c'est impossible. Il va falloir que je m'habitue à mon nouveau visage, que je lui souhaite la bienvenue. Il est vrai que je suis poignée avec maintenant et qu'il n'y a qu'un seul moyen de s'en débarrasser définitivement, c'est de le faire ronger par les vers, dans une petite tombe unifamiliale, loin du soleil et à l'abri des courants d'air. Mais je ne suis pas inquiète de mon avenir de ce côté-là. Et je sais attendre.

On m'arrache le miroir des mains, je veux dire de ma main droite puisque j'ai le bras gauche plâtré, et je reste sans visage. Il ne reste que mes deux yeux qui furètent dans la pièce blanche sur le visage de la garde et du docteur, perdus dans l'impassible silence. Qui se brise soudain.

— Tu ne saignes plus maintenant. On va t'endormir et un chirurgien dentiste va t'enlever les morceaux de dents qui restent, après on te posera un dentier pour que tu puisses de nouveau mordre dans les pommes.

— Est-ce que c'est le jour de ma fête aujourd'hui?

Ils ont l'air surpris d'entendre ma voix mâchonner des mots.

— Je peux pas te le dire, si tu me dis pas quel jour c'est ta fête.

— Au mois de novembre.

— Mais quelle date?

— Le 15.

Ils se regardent tous les deux, puis c'est la garde qui prend la parole. De son petit ton clair qui m'énerve, elle me dit :

— T'es pas chanceuse, ta fête est passée depuis huit jours.

— Ça fait rien. J'aurai pas vieilli d'un an cette année.

Puis je me renfrogne dans ma petite muraille intérieure, bien décidée à ne plus l'ouvrir et honteuse de moi-même d'avoir rompu avec mes résolutions. Je me sens harassée et pleine de peine, je me demande ce que je fais sur terre maintenant que je n'ai même plus mes dents. Je les avais si longues et si blanches, elles m'étaient tellement utiles pour broyer le noir, pour rompre les os de mes frères et de mes soeurs, de ma mère et de mon père surtout, pour les haïr, pour me défendre, leur rendre la monnaie de leur pièce qu'ils m'ont forcée à jouer, dans ce petit village perdu, aux frontières de la cour de triage du Canadien National, dans la brouhaha des wagons qui s'entrechoquent mais qui ne déraillent jamais, non loin de ce lac Saint-Jean d'eau douce, si beau à regarder clapoter sur les rives. Je suis un lac de peine et mes rives sont mes joues striées, enflées dont les cicatrices zigzaguent au travers de mon visage pour reproduitre cette image brisée à jamais que je suis devenue à cause de cette bande de gigolos qui m'ont empêchée de me rendre à l'autre bout de ma voie. Maintenant la Martha ancienne n'existe plus, elle a été accrochée au passage par une bouteille de verre, jetée en pleine forêt où elle a perdu conscience. Mon avenir à présent, c'est moi. Je suis Martha, la nouvelle Martha l'édentée. Martha la ravagée.

Mais ma haine ne m'a pas quittée. Elle est toujours aussi fraîche en mon sein, dans le trou que j'ai à la place du coeur où elle bat à me rompre.

***

Le dentier qui ne colle pas me va affreusement mal. Quand j'ouvre la bouche, mes dents artificielles se referment sur moi comme pour m'agripper, me couper la langue, sans doute m'empêcher de balbutier. Mon dentier et moi nous luttons ensemble pour nous acclimater l'un à l'autre, mais le docteur m'a dit que je serai victorieuse avec le temps.

Les jours se passent, se traînent dans les corridors d'une blancheur impitoyable de cet hôpital accueillant où on m'a reçu sans regimber, où l'on pense parfois à moi mais pas pour me frapper, me faire du mal, me faire disparaître dans la poudre d'escampette des heures minutées, comme c'est le cas à la maison où mon père, ma mère et toute leur famille de jeunes et déjà vieux chiots comptent sur moi pour que mon dernier tic-tac cardiaque se produise pour, qu'une fois morte, je puisse les laisser vivre en paix, que je ne les hante plus comme je le fais pour moi-même, par l'habitude que j'ai acquise à égrener l'existence et qu'enfin je devienne ce véritable fantôme que j'aurais dû toujours être.

***

Et puis l'apparition se produisit. Son père est venu chercher sa fille chérie que la mort n'avait pas encore prise, à son corps défendant. Lorsque je l'ai vu, je ne sursautai même pas. J'étais même un peu contente de voir dans quel état de déconfiture aux fraises il était tombé. Il me retrouvait après tout ce temps. Et les retrouvailles ne furent pas bien gaies. Nous aurions pu, l'un et l'autre, nous en passer. Mais il fallait bien que quelqu'un me reprenne à charge et, comme on ne s'arrache pas ma présence, personne ne voulait me garder spécialement. Mon père, à qui j'étais liée par les liens du sang, ne pouvait faire autrement, il me ramena donc.

***

Je pense que c'est le mois de décembre, et la route

qui conduit de La Tuque à Chambord est longue. Le paysage ressemble à ma chambre d'hôpital, il est silencieux et blanc. Mon père, qui ne m'a pas dit trois mots, conduit prudemment sur la chaussée qu'une pluie verglaçante rend dangereuse. Nous dérapons parfois, il pousse un Nom de Dieu! caractéristique, l'auto se redresse à cette évocation et, par miracle, poursuit en ligne droite, de nouveau.

— Maudite température de chien!

Il pleut sur la neige.

— Faudrait qu'ils se décident, c'est l'hiver ou c'est pas l'hiver! Maudite température maudite! Si ça continue, on va se casser la gueule. Ma femme a le temps d'accoucher avant qu'on soit rendus.

Moi, me casser la gueule, je suis habituée. Les autres s'en chargent. Il y a toujours une bonne petite Providence familiale pour moi, qui s'occupe personnellement de moi.

Mon père ne m'a posé aucune question. Il ne sait pas ce qui m'est arrivé. Un coup violent, qu'on lui a dit à l'hôpital, des traumatismes, en masse des traumatismes, 32 traumatismes peut-être qu'on a remplacés par deux sales dentiers. Il sait pas ce qui m'est arrivé, puis je suis sûre qu'il veut pas le savoir. Mais j'ai remarqué qu'il m'observe d'un drôle d'œil depuis qu'il m'a aperçue dans la salle de récréation en train de regarder par la fenêtre, tandis que les doigts malhabiles de ma main droite s'amusaient à potasser un vieux casse-tête. Je pense qu'il contient sa colère à mon égard. Et que, comme d'habitude, je perds rien pour attendre.

Dire que je levais l'ancre pour Montréal. J'aurais pu m'y fabriquer une nouvelle vie. À quatorze ans maintenant, il n'est pas trop tard pour prendre son avenir en mains avec le Centre de main-d'oeuvre du Canada. Il aurait fallu que je leur dise de me trouver une place dans une manufacture de jouets par exemple — ç'aurait été fini la famille, j'aurais été libre de moi. J'aurais gagné mes gros sous à moi toute seule, puis le bonhomme il m'aurait jamais revue de sa vie. Il se serait demandé ce que je suis devenue, ça lui aurait fait un sujet de conversation, les choses bizarres, ça attire le monde, les affaires auraient repris, sa petite cadette disparue de la mappe, une autre épreuve que l'enfer lui aurait envoyée et tout aurait été dit. Au lieu de ça, de cet avenir bâti par moi-même, je suis dans le char de mon père, puis il me ramène à la maison. Je sens qu'il va se passer des choses. C'est pas normal le silence qu'il y a dans cet habitacle de métal rouillé et que vient briser, de-ci de-là, le grognement *oursique* de mon père. Mon père est un ours, et j'imagine qu'un ours conduit la voiture de mon père. Ça doit être un grizzly parce que mon père, il est mauvais. Ce qu'il ne sait pas, c'est que je suis plus mauvaise que lui encore. Je suis une petite progéniture qui promet, qui a bien appris à son exemple, qui, même avec ces deux dentiers, a de quoi mordre. Un moment, j'ai faibli dans mes résolutions. La curiosité de l'au-delà, l'attrait de Montréal, de la voie, l'espérance de me refaire une vie, tout ça c'est à l'eau maintenant. Alors je retourne sur ma montagne de fumier de haine et je sens qu'elle est toujours là à m'attendre. J'arriverai meurtrie, flétrie, différente, plus laide qu'avant si c'est possible, car il y a un bout à tout, mais je sais que ma montagne est là, que ma haine est là et que personne ne fera rien pour diminuer l'une ou l'autre. La haine, c'est ma camisole de force qui me tient au chaud, qui m'aide à passer le long hiver de ma vie. Mais cet hiver-ci, je garantis rien. Ce sera l'hiver de ma vengeance. Et je me complais dans cette idée, en même temps que je regarde de mon oeil gauche seulement l'ours grizzly, mon père, et je me sens monter dans le sang des goûts d'amazone, de chasseresse. Quand je l'aurai abattu, il me semble que je respirerai mieux. J'ai déjà tout échafaudé pour le grand soir — car ce sera un soir — mon esprit flambe déjà à l'idée du festin que je lui réserve.

Il pleut de plus en plus sur la neige. Et le jour se fait tard. La route est longue. L'auto nage, et je souhaite que le froid tombe. Ça va être beau de nous voir patiner si ça arrive. Quand les vans lourdement chargées passent et nous éclaboussent, l'auto toute entière attrape la gifle pendant que les essuie-glaces fonctionnent à toute vapeur, que le pare-brise se délivre et que la mécanique se débat.

Les montagnes russes achèvent. Le lac des Commissaires vient de poindre dans le halo de l'horizon cerné par mon regard. Et puis ce sera au tour du lac Bouchette, mais mon père a décidé de faire un arrêt à l'Hôtel-Dieu de la place, la taverne à Totorre.

— Reste dans l'auto puis bouge pas. Je vais aller

me dégourdir les poignets. Voir tomber toute cette eau, ça m'a donné soif, je vais aller me mettre une bonne grosse bière derrière la cravate.

— Je vais geler ici, papa. Je suis pas bien forte, pa. Il nous reste pas bien longtemps à faire, pourquoi qu'on continue pas?

Aussi bien parler au monument qui décorera sa tombe. L'hostie, qu'il aille s'en mettre de la bière derrière la cravate, que sa gorge enfle puis qu'il s'étouffe dans sa bière, le tabernacle.

Je me recroqueville dans mon châle troué en position foetus, prête à mourir de froid parce que je sais que l'attente sera longue, parce que mon père est un buvard, parce qu'une pneumonie ça l'arrangerait peut-être, vu que le sanatorium de Roberval, c'est loin d'être dans la banlieue de Chambord. Mon père a laissé une fente de sa vitre ouverte et l'eau glacée, presque neigeuse y entre. Si ça continue, sa place va être trempée et mon père aura le cul à l'ancre. Juste de penser à ça, l'envie de rire me monte au nez, c'est ma nouvelle façon de m'esclaffer maintenant, je n'ose plus montrer mes dents absentes remplacées par ces engins que je mâchonne entre mes gencives, l'envie de rire, de rire à me tordre, me saisit mais ça ne va pas plus loin qu'une quinte de toux déchirante. Je ferme les yeux espérant peut-être au fond de moi ne plus jamais les ouvrir et je pense à tout ce qui m'est arrivé depuis mon enfance que je n'ai jamais eue mais qui s'est éteinte quand même. Je pense à toutes les raclées que ma peau a endurées, à toutes les humiliations, les injustices, les peurs que j'ai connues. J'ai tout fait pour être gentille, me montrer compréhensive mais ça a été inutile, je n'existais pour personne. Pourtant, le jour de la revanche n'est pas loin. Personne ne m'a aimée, personne ne mérite que j'aie pitié d'elle. Je serai comme les sept fléaux de Dieu, même si je suis trop jeune pour la haine et qu'une petite fille de treize ans, de quatorze ans maintenant, devrait avoir en tête d'autres idées que la vengeance. Maintenant mon plan est arrêté, je le connais dans les moindres détails, je sais comment se dérouleront les choses; mon obsession ne me quitte pas, elle trace mon destin.

— Tu le vois bien Martha que ça n'a pas pris de temps. Ton père est revenu en chair pis en os...

Il ouvre la portière et se flanque les deux fesses à l'eau, en s'assoyant sur la banquette.

Même si j'ai sursauté à son approche, parce que je ne l'avais pas entendu venir avec ses grosses pattes, ses sales pattes paternelles, je ne peux m'empêcher de rire. Le bonhomme est trop paqueté pour se rendre compte qu'il baigne dans l'eau bénite. Mais je suis sûre qu'à la fin il va s'en apercevoir et qu'il va finir par sacrer.

— Sur quoi que je suis assis, tordieu? Nom de Dieu! mon siège est tout mouillé et puis tu t'en es pas rendue compte, t'aurais pu voir que la fenêtre était restée ouverte, non?

Vlan! Je viens de recevoir un bon coup sur l'avant-bras. (Il a bien fait attention de ne pas se fracasser les jointures sur mon plâtre.) Ça va activer ma circulation, je l'avais quasiment gelée, puis un autre coup, puis un autre, mais heureusement il est saoul, alors il s'actionne mollement, il frappe avec mollesse, il n'est pas dans sa forme habituelle, le bonhomme, mon saint père à moi. Il s'épuise vite. C'est vrai qu'il n'a plus de pratique, j'ai été absente un bon bout de temps mais, tout de même, il retrouve assez de force pour fouiller dans ses poches et finalement, après de vains efforts, il s'apprête à sortir de l'auto pour voir s'il n'aurait pas perdu ses clés dans les alentours. Mais heureusement pour moi, il s'aperçoit que les clés de contact sont à leur place, il lance le moteur qui se met à aboyer comme un chien furieux et nous partons.

La dernière étape du voyage va se faire plus dangereusement que la première, parce que le père a perdu toute sa prudence, disparue qu'elle est dans le liquide pâteux. Il chauffe en fou. Je me ferme les yeux pour ne rien voir de l'accident qui ne manquera sûrement pas de nous arriver si on continue comme ça. La route est glacée maintenant, et la voirie ne s'est pas encore grouillé les fesses. Pas de sel, pas de sable. Une patinoire. Mon père n'en a cure. Ce n'est plus un homme qui conduit son bolide ratatiné par les ans, c'est un archange chaussé de bottines à quatre lames sur un étang gelé. Le conducteur céleste retombe dans ses limbes expiatoires, l'auto effectue une embardée monstre. Un immense camion-remorque chargé de bois fraîchement scié (en frôlant nous avons quasiment pu humer l'odeur de l'écorce disparue), une van bien moderne avec ses quarante mille livres de marchandises de planches, a failli nous accueillir par le derrière, mon père suivant le mastodonte de si près, paré qu'il était au dépassement, que nous y avons presque trépassé. Il ne s'en est même pas rendu compte. Il a grogné, c'est tout. Toute cette action m'a fait ouvrir l'oeil et le bon. Un coup de volant à gauche, une accélération ultime et nous franchissons l'obstacle et nous continuons de plus belle. Les ivrognes ont le diable dans leur poche, pour ne pas dire dans leur estomac trop plein d'alcool. Et comme le diable est un bon diable, il ne se fait pas prier pour jouer à Dieu et faire des miracles. C'est pourquoi nous avons survécu.

— Papa, tu vas nous tuer!

— T'aimerais pas ça mourir, ma noire, en ma compagnie?

— Ça va arriver...

Et puis je me tais. Je veux surtout pas l'exciter. Il l'est assez de même. Je me ferme les yeux et je suce mon dentier.

Tout de même, le père a ralenti. La neige tombe de plus belle, à moitié en eau. Les essuie-glaces ne fournissent pas. Mes paupières embuées ne parviennent pas non plus à éclaircir mon regard larmoyant. J'ai la brume en moi. Dans mon âme. Je me vois à la maison, j'imagine la famille si heureuse de m'accueillir, ma mère avec le ventre plein de cet enfant qu'elle ne veut pas, qui lui est arrivé sur le tard. Je m'imagine dans ce train-train quotidien, revenue d'outre-tombe pour aller humer la vie de Chambord, de sa boucane et de ses trains, de tout ce monde qui ont des yeux pour me voir et me haïr... un mal de coeur irrésistible me saisit. Je parviens à peine à contenir mes boyaux. La vie va continuer pour moi comme si rien ne s'était passé depuis ma fuite, je vais encore hoqueter de peur et d'ennui dans ma chambre, je ne me sens pas courageuse pour un cent, j'ai le goût de débarquer de l'auto, de débarquer de la vie, de me contempler blanche comme de la craie blanche sur un mur d'hôpital blanc, de sauter dans le vide du macadam pour ne rien retrouver de moi. La main, je l'ai quasiment sur la poignée de la porte, prête à ouvrir, mais un dernier frisson de haine me retient comme une serre d'oiseau de proie et l'orgueil regicle, un vrai flot de sang que j'aurais endigué. La haine, ma haine de petite fille informe, écrabouillée par tous, resurgit en moi et je le regarde ce père que je n'ai jamais eu et qui se trouve par hasard à côté de moi, à ma gauche, qui conduit la barque de sa famille les yeux bandés, sur qui repose tant de responsabilités et qui n'en a cure. Il ne sait pas ce que c'est les responsabilités. Il ne sait pas comment ça a d'importance d'avoir du plaisir de temps en temps, de rire un peu pour se dégourdir les babines, se pourlécher de fun. Je ne me souviens pas quand j'ai ri pour la dernière fois. Un vrai bon rire qui n'avait pas l'air idiot, un rire franc de la frangine, ils n'ont pas dû voir ça souvent dans la famille.

Avec toutes ces pensées qui me tourbillonnent dans la tête, l'heure a fait un tourbillon de plus, et nous voilà au sommet de la côte d'où on peut si bien apercevoir le lac Saint-Jean, la pointe de Chambord et l'horizon si lointain et si proche, comme si on n'y était. Et puis c'est le viaduc, la route rectiligne et le feu rouge qui clignote. On vire à droite, je vois défiler la rue Principale, l'église forteresse et le palais-presbytère, puis encore une fois à droite, la voie ferrée qu'on retraverse, la côte à pic et puis la gare du

Canadien National et puis, pas très loin, la maison où une *chipotée* d'enfants m'attendent moi qui suis devenue oiseau rare et mouton noir; ils savent tous l'histoire qui a fait le tour du village avec la fuite et l'accident de parcours.

Une bonne claque sur la cuisse et mon père qui me dit :

— T'es contente, on est arrivés.

Une autre bonne claque qui prouve tout au plus qu'il n'est pas fâché de lâcher le volant, qu'il en a eu assez de la route et que la prochaine fois qu'il se rendra à l'hôpital, ce sera dans la semaine des trois jeudis qui seront quatre et qu'il ne viendra plus me chercher jamais, que c'est fini pour moi les départs de luxe, à la sauvette et qu'il en a marre de toute la merde que je lui donne et que plus il y pense, plus il me casserait en morceaux mais il ne faut pas briser cette arrivée qui s'annonce si triomphale. Une fille monstrueusement prodigue, il y a de quoi faire une rentrée spectaculaire, dans la neige mouillée et la déconfiture de soi. Je me sens déconfite, pas du tout héroïne. Je reconnais dans la marmaille mes ennemis de jadis qui ont dû s'ennuyer profondément sans moi, la farceuse plate du quartier, un peu gnochonne sur les bords il va sans dire, et c'est pour ça que tout le monde la trouve drôle avec cette drôle d'infirmité qui lui sied bien, qui lui va comme un gant de crin.

— Allons! sors! Vas-tu sortir, Nom de Dieu! Et vous autres, levez l'ancre. Je veux plus voir traîner un seul morveux d'enfant dans ma cour propre! Avez-vous entendu, bande de morpions de chapelle?

Je veux pas sortir. Je veux pas rentrer. Je me sens négative comme le signe moins, je barre les deux portes de l'auto d'un geste rapide, mais sans préméditation, comme par instinct, un cocon qui se referme sur soi, qui veut pas sortir de son étuve.

Mon père a fini de les haranguer, ils se dispersent un peu pour faire preuve de bonne volonté, ne pas recevoir de coups de pied au cul, le bonhomme est un expert en la matière, il aiguise ses bottines exprès tous les matins, mais ils reviennent vite quand ils s'aperçoivent que je suis enfermée dans l'auto et que le père gueule à qui mieux mieux et que, pour une fois, on n'entend plus les trains, il est fâché c'est pas peu dire. Il martèle l'auto de ses deux poings, mais il ne me fera pas sortir, le maudit. Il fouille dans ses poches pour voir s'il n'a pas ses clés mais elles sont bien à l'intérieur, j'en éprouve une petite jouissance aiguë, faut bien que je me fasse plaisir de temps en temps, ma famille à moi est ameutée également, on les voit montrer leurs binettes dans l'encadrement de la porte et puis maman sort à son tour, le ventre proéminent, gonflé à bloc, elle s'avance vers sa petite dernière battant tablier blanc et sale...

— Qu'est-ce qui se passe ici, maudit!

— Elle veut pas sortir du char!

— Comment ça, elle veut pas sortir. Hein, ma noire, tu veux pas venir voir ta maman...

Elle se penche dans la vitre, la main en éclaireur sur les yeux pour éviter les reflets et voir si c'est bien moi qui suis là, si je ne serais pas une autre, par exemple la petite fille du voisin, mais non elle m'aperçoit bien en place, bien droite sur le siège, le visage altier, je lui fais une grimace en m'étirant les coins de la bouche pour paraître plus belle, la charmer. Elle fait un pas en arrière, surprise de constater à quel point la vie m'a transformée adipeusement.

— Martha, sors, veux-tu. J'ai du bon dessert à la maison. Je l'ai fait expressément pour ton retour.

— Essaye pas de mentir, maman, c'est pas vrai.

Et puis je me renferme dans un mutisme barbare. Mon père est devenu bleu. Son autorité ancestrale est en train de mordre la poussière par les oreilles auprès de tous les voisins qui veulent bien se donner la peine d'entendre et de sortir. L'auto est entourée maintenant de toute une masse de visages hideux de beauté, contorsionnés, belliqueux et moqueurs.

— Vas-tu sortir, maudit, ou je mets la hache dans l'auto. Je la découpe en rondelles et toi avec...

Aussitôt dit, aussitôt trouvée la hache. Enfin un voisin qui voyait traîner la sienne la lui passe, intéressé à assister à ce qui va s'ensuivre, le sang attire les chiens et les loups, il a une bien agréable odeur, le sang des infirmes, le sang inutile quoi.

Un coup magistral, et la vitre de côté vole en éclats, mon père débloque le piton et arrache presque la porte tant il est désireux de l'ouvrir grande pour aller m'agripper avec ses deux sales pattes, il me tire sur la robe et je sors en hurlant de l'auto bien plus fort que le monde entier quand tous les enfants de la terre se mettent à chialer tous en même temps. Les deux dentiers pris entre les gencives n'empêchent d'y aller à mon goût, je voudrais faire du bruit pour ameuter l'univers, pour lui montrer comment mon père me traite, comment je suis reçue par les miens. Faut dire que j'aide pas non plus. Je n'ai plus de coeur à y mettre de toute façon.

Vlan!

La porte de la maison paternelle vient de se refermer, j'entends les curieux que la vue de ce spectacle improvisé avait excités dans leur for intérieur, je les entends qui déblatèrent à qui mieux mieux sur mon compte, sur le compte familial, sur les coups que j'ai mangés, à peine arrivée, toute fraîche diplômée de l'hôpital de la Miséricorde, du bon Saint-Enfant Jésus si adorable, de Saint-Joseph de l'Espérance — la rumeur commence à courir que j'arrive tout simplement d'un hôpital de La Tuque — qu'il m'est arrivé de grands malheurs et que ce n'est pas fini.

Me voici chez eux.

— Pourquoi est-ce que t'as une tête de même, Martha? Ici, on était presque contents de te voir. T'as tout gâcher comme c'est ton habitude.

Les reproches de ma mère me touchent malgré moi, et je me sens moins hargneuse. J'ai comme qui dirait l'envie d'aller pleurer dans ses bras, de ne pas parler, de pleurer longtemps, de laisser faire mes larmes, de laisser s'écouler mes sanglots de petite fille dans ses jupes, dans son tablier qui sent la popote. Je m'approche déjà, toute bouleversée par ce sentiment, je voudrais me faire caresser, j'avance vers ma maman, je veux me jeter dans ses bras, mais une poigne de fer me saisit et me lance par terre. Je reçois un coup de pied qui me fait si mal, non pas tellement parce que je vais rester avec un bleu de trois mois imprimé à l'encre dans le corps, mais parce que mon geste d'enfant apeurée, désorientée, ce mouvement de réconciliation a été brutalement réduit à néant.

— Maudite garce! Il a fallu que je défonce la vitre pour aller la chercher, tu vas me coûter encore une fortune... tu peux pas rester tranquille, me sacrer la paix... maudite vie, maudite vie, maudite vie...

Mon père s'arrache quasiment les cheveux tellement il est hors de lui, pour autant que ce seront les siens, je m'en fous comme de l'an quarante, il ne se comprend pas et, l'alcool aidant, il entremêle ses idées, s'enchevêtre dans ses concepts.

— Qu'est-ce qu'on a fait au bon Dieu, qu'est-ce

qu'on a bien pu lui faire pour être poigné avec une racaille de même, une engeance de même, une fille de même...

Le voilà reparti sur les mystères de ma création, le voilà qui vomit sur ma naissance, sur mon arrivée en ce bas monde, sur mon être, mais ce qui me console, c'est de penser que je suis issue de lui et qu'en me démolissant comme la dernière des dernières, il se détruit lui-même. Un peu.

Jonchant le sol de tout mon long, collée à lui comme à la terre où je retournerai, si honteuse que je suis d'en être sortie, de m'être échappée de la fange et du limon pour cette si courte envolée terrestre et inhumaine, je regarde comme une étrangère effarée le spectacle qui se déroule sous mes yeux pleins de brouillard. Et à travers lui, je distingue mon père et ma mère, tous les deux décomposés par les événements et, sur la première marche de l'escalier, indifférente comme si elle n'y était pas, Roberte, la pomme à la bouche. Elle me nargue par son silence, par sa mine réjouie sur les bords des commissures, imperceptiblement. Elle n'aurait pas voulu manquer le spectacle pour un cent, d'ailleurs elle est toujours là où je ne la veux pas, le nez pointé dans les affaires des autres, reniflant le sang comme un oiseau de proie. Un sang qui est le mien.

— Athanas, attention à son plâtre, ne la frappe pas au visage surtout. Contrôle-toi, voyons, ça fait pas cinq minutes qu'est revenue à la maison. Du contrôle, Athanas. Fais comme moi, contrôle tes nerfs.

J'ai réussi à attraper une taloche ou deux en pleine face et je me suis mise à pousser des cris terribles.

Le bonhomme s'arrête un instant. Moi, si stoïque, si indifférente d'apparence à la douleur, crier comme ça, ça le momifie. Il voit bien qu'il a du sang sur les mains et que, d'habitude, mon sang ne coule pas si facilement, que je le conserve pour les collectes de la Croix Rouge et que je le garde bien précieusement dans ce contenant qui m'appartient en toute propriété, par naissance, par droit acquis. Il dépose ses bras comme il aurait déposé ses armes sur les hanches, il les laisse aller ballants comme si la vie ne les habitait plus.

Mon visage est tuméfié. Mes cicatrices se sont rouvertes. Le plâtre qui m'entoure comme une citadelle s'est désagrégé par endroits.

— Faut-tu appeler le médecin, tu penses?

— Laisse-moi faire, Athanas. Tasse-toi. Claire tes os.

Je ne bouge pas. Depuis un certain moment maintenant.

On s'affaire autour de moi. Je sens la ouate et l'alcool sur mon visage. La douleur est immense, et je sanglote parce que je n'ai pas le courage de garder mes larmes pour moi.

— Viens, on va te monter dans ta chambre. Aide-toi, si tu peux, Martha. Le père, il aurait pas dû te frapper.

***

La bonne odeur de ma chambre. La douceur un peu rêche des draps. Le matelas qui creuse comme un lit de rivière, qui m'engouffre.

On m'éponge. On essaie d'arrêter le sang de pisser. Le médecin Boudreault arrive avec son nécessaire de couture. Il me soude les morceaux de carrosserie ensemble. Il refait certains joints dans ma peau. Vérifie consciencieusement mon plâtre. Voit si je n'ai rien de cassé, en dehors de mes multiples cassures que je me suis faite en descendant du train.

— Qu'est-ce que t'as eu, petite fille?

Il regarde dans mes grands yeux noirs un peu perdus, voir si, par hasard, ce qui m'est arrivé ne serait pas resté imprimé dans mon nerf optique.

— Je suis tombée sur mon père.

Il n'aime pas ça, lui, les enfants qui s'éparpillent en morceaux. Ça le met de mauvaise humeur contre les parents.

— Monsieur et madame Thomas, j'ai à vous parler. Où est-ce qu'on peut être tranquille?

Ils sortent de ma chambre et quand ils sont partis, tous, il fait plus clair.

***

Je ne sais pas ce que le docteur a pu leur dire, mais l'attitude parentale a changé. Depuis trois jours, je cicatrise tranquillement au lit. On m'apporte mes repas aux heures fixes. Maman me prépare même du dessert. Quant au bonhomme, je ne l'ai revu qu'une fois, tout de suite après la visite du médecin.

Il est entré en trombe dans la pièce. Il était livide comme une pancarte défraîchie. Il tremblait un peu aux articulations.

— C'est quoi que tu lui as dit au docteur, Martha?

— Je lui ai expliqué comme tu prenais bien soin de moi. Comment tu m'avais accueillie à bras ouverts... les mains tendues... Il a pigé tout de suite, le bon samaritain.

***

Le temps se met à passer lentement, sans brusquerie. Je sens revenir mes forces, ressurgir ma haine, mais aussi comme un ronronnement en moi de petite chatte presque heureuse. Je ne me souviens pas avoir joui autant de la sollicitude des autres. Je reste au lit, j'en profite. Je les laisse monter vers moi, ils viennent se montrer à la porte, ils fouinent les uns après les autres dans mes jeunes cicatrices, ils soupèsent de loin mon bras plâtré, ils m'examinent sous un autre oeil. Moi qui n'ai jamais compté dans la maison, voilà que je prends une certaine importance, qu'on s'intéresse à ma santé. Ce cher docteur

Boudreault, je ne sais pas ce qu'il leur a dit, (peut-être que j'étais une princesse déguisée en laideron, une sorcière, une fée, que j'allais leur apporter la chance) mais on me sert aux petits oignons, je veux dire qu'on m'apporte mes trois petits repas par jour, parfois même des collations, et que je ne reçois plus de coups de personne. Dans ma vie, cela fait toute une différence. J'avais justement besoin de cette pause pour reprendre mes forces, renflouer ma haine, redonner du piquant à la vie des autres.

Le père, je ne le vois plus. Je ne l'entends qu'à peine. Sa voix quelquefois traverse les cloisons, rampe jusqu'à mon oreille, quand il élève le ton pour des peccadilles quotidiennes, mais c'est à peu près tout ce que je sais de lui.

Ma mère, la Mariette, on voit que les efforts commencent à lui peser, que ses jambes ne sont plus aussi souples qu'avant, que les escaliers c'est bon pour les jeunesses. Enceinte à cet âge entre les deux âges, il n'y a pas de quoi grimper les marches en courant.

Roberte n'est pas retournée à l'école, elle est restée au magasin. C'est là qu'elle passe la plupart de son temps à attendre que la clientèle se montre. Les affaires ne vont pas rondement, mais on espère quand même une poussée pour le temps des fêtes qui s'amorce déjà, qui pointe à l'horizon. Roberte essaie même d'être gentille avec Martha. Hier, elle m'a apporté une poupée.

— Tiens, qu'elle a dit. Tu n'as plus de Marguerite, alors j'ai pensé que tu avais besoin d'une petite amie pour jouer avec toi dans les draps, pour aider à passer le temps.

Je l'ai regardée toute surprise. Je me suis frottée les yeux pour voir si je ne rêvais pas, je me suis débouchée les oreilles pour savoir si j'entendais bien, mais la poupée était bien là sur mon lit. Roberte n'avait pas attendu que je la remercie. De toute façon, elle aurait eu beau attendre. Elle a toute la vie devant elle.

J'ai voulu tout d'abord prendre la poupée et la *garrocher* par la fenêtre. J'ai quatorze ans maintenant et je me sens un peu vieille pour ces enfantillages. D'ailleurs, j'ai bien d'autres projets à mûrir. J'ai bien d'autres choses à penser. Il ne faut pas que je perde de vue que j'ai des comptes à régler, que mon jour de revanche n'est pas bien loin. Mais tout de même, j'ai examiné la poupée pour voir comment elle était. Voir si ça allait valoir la peine que j'en fasse mon amie, que je lui fasse partager mes secrets, mes vengeances, ma condition de vie. Je l'ai contemplée longtemps avant de prendre une décision. Je l'ai palpée, je lui ai arraché les cheveux pour voir ses réactions, j'ai essayé de lui tirer la langue mais je ne l'ai pas trouvée puis enfin, j'ai décidé de la laisser dormir à mes côtés en attendant que je sois assez forte pour me rendre à la fournaise et l'engloutir dedans comme je ferai pour tous les autres, pour toute cette racaille qui me tient lieu de famille. Je ne fais plus de distinction maintenant. Ma haine est uniforme et égale pour tous. Je les hais avec dévotion, avec dévouement, avec un zèle à faire bouger les tombes, à créer un charivari indescriptible et à expulser les morts-vivants de leurs bières.

Pour les autres, c'est égal, je pense. Sylvie, la toute jolie, celle qui s'est accaparé toute la beauté qui restait dans la maison, qui ne m'a rien laissé, la goinfre, et qui profite de sa supériorité physique pour m'aplatir, me déformer à mes yeux, celle-là je l'attends au tournant. Je l'ai trop vue souvent, le petit sourire moqueur en coin et entre les dents, les yeux excités par le sang. Je l'ai trop vue. Elle ne perd rien pour attendre. Je vais lui refaire une beauté.

Manuel va venir pour les fêtes. Son premier semestre achève. Je vais lui voir apparaître la binette bientôt, au petit séminariste, *fraîchier*. Je vais lui en faire de la science, moi. Moi, qu'on a privé d'institutrice, moi à qui on a coupé les contacts avec l'extérieur et qui est contrainte à vivre dans son monde intérieur, loin de l'alphabet et des mathématiques.

Joseph, aussitôt revenu de l'école, fait toujours les cents pas dans la maison. On n'entend que lui. Il est agité comme un homard dans l'eau bouillante et il vient me voir plus souvent qu'à son tour, vient voir si je n'agoniserais pas par hasard, ce qu'il trouverait bien marrant parce que ce ne serait pas lui et qu'il a toujours aimé lui aussi comme Sylvie contempler à distance.

Il est justement là, assis sur mon couvre-lit, en train de me triturer les orteils en bon petit fraternel.

— T'as donc des drôles d'orteils, c'est pas croyable. Je pourrais te reconnaître juste par tes pieds.

— Tu me fais mal, lâche-moi tranquille !

— Sont pas en or tes orteils.

— Sont à moi, puis lâche-les. Sinon, je crie au secours.

— Au secours mes pieds! Ça va être comique. Vas-y donc voir si tu hurles avec autant de conviction qu'avant.

Le maudit, il me pince, il me fait mal pour vrai. Je replie ma jambe et je lui donne un bon coup de pied dans le ventre. Il en perd la respiration. Il est devenu blanc comme mes draps.

— T'es content là. Tu t'en vas-tu, maudit!

— Si tu penses que tu vas me faire peur, dit-il en haletant. Tu te trompes. J'en ai vu des plus baveuses que toi.

Je lui assène un autre coup de pied. Il tombe à terre. Il se relève, il est bleu. Le bleu pâle, ça lui va bien.

— Ma maudite, tu vas me payer ça.

Il voudrait me frapper au visage mais je suis pleine de cicatrices fraîches. Il me donne un coup sur la cuisse. Ça me fait mal, je me mets à hurler.

— Maman, Joseph m'a fait mal!

Je crie encore un bon coup, histoire d'ameuter la maison. Quelques minutes se passent. Ma mère à la fin arrive tout essoufflée d'avoir monté les marches, j'ai dû la tirer de son somme.

— Qu'est-ce qui se passe ici? Veux-tu laisser la malade en paix, Joseph, maudit. Je veux que tu lui sacres la paix. Va-t-en en bas. Le malade, c'est pas toi ici.

Joseph s'en retourne en regimbant. Je lui fais un bye-bye de la main pour l'écoeurer comme il se doit, il lève le poing dans ma direction, je lui fais tata avec la main. Disparu Joseph. Je reste seule avec ma mère qui redresse les oreillers, ajuste les draps, me demande si je veux quelque chose et puis s'en va, elle aussi, en faisant tourbillonner ses jupes froissées.

Je reste seule dans ma petite chambre personnelle — ça a ça de bon la monstruosité, ça vous met à part — à contempler les murs, à dresser des plans. Je vois toutes les scènes au plafond. Je vois comment tout ça va se dérouler, ça va être un programme passionnant. Je serai actrice et spectatrice, metteuse en scène et productrice. Je ferai tout toute seule, sans aide avec les deux mains seulement.

Le temps passe à nouveau, s'étire, mes forces me reviennent, je me sens en pleine forme, prête à tout.

— Qu'est-ce que tu fais dans les escaliers, Martha?

Il est un peu trop tôt pour que tu te lèves. Le docteur Boudreault a dit de faire attention à ta santé.

Je descends les marches à petits pas, furtivement, sur la pointe des pieds, la main sur la rampe sans répondre.

— Je m'ennuie en haut. Je n'ai rien à faire.

— Tu n'as pas de beaux livres d'images?

— Je ne veux pas de beaux livres. Je veux grouiller un peu.

— On est gentil avec toi. Fais pas trop ta difficile, la noire, la vapeur peut changer de bord. Faut que t'écoutes tes parents.

— Je fais rien de mal. Je descends les escaliers.

— Tu te reposes pas et il faut que tu te reposes. Le docteur a dit ça.

— Je suis reposée.

— Remonte dans ta chambre. Va te recoucher.

— Je voudrais rester avec toi, maman.

Ma mère, un peu surprise du ton de ma voix, se demande si elle a bien entendu. Si c'était bien moi qui parlais, Martha, sa petite informe, tirée du néant par inadvertance et obligée d'y retourner par la force des choses.

— Qu'est-ce que tu voudrais que je fasse de toi, Martha? Tu vaux rien, t'es bonne à rien.

— Tu pourrais peut-être me parler. Personne me parle à moi.

— Qu'est-ce que tu veux que je te dise, Martha?

— Rien, maman.

Elle pourrait peut-être me parler de son bébé qui s'en vient, me dire comment ça fait d'avoir un bébé dans le ventre. Moi, j'aimerais bien ça en tout cas, en avoir un dans le ventre un bébé.

— Cesse de marmonner, Martha, puis va te recoucher. Le docteur Boudreault va peut-être venir tantôt. Il faut que tu paraisses en santé. Puis si tu passes ton temps à monter puis à descendre des marches, amochée comme tu es là, il va croire qu'on prend pas suffisamment soin de toi. Puis ça va encore nous retomber sur le dos, à Athanas puis à moi. On mérite mieux que ça nous autres, des reproches, tout le temps. Pourtant notre famille on l'a pas élevée si mal, il y en a même un qui fait ses études pour devenir père. Aujourd'hui c'est rare quelqu'un qui veut devenir père.

— Si mon père à moi il a étudié pour devenir père, il a dû manquer ce cours-là.

— Je parle de devenir prêtre, imbécile. T'es pas subtile pour deux cennes. Martha, comme tu peux être cave! Qu'est-ce que j'ai fait au bon Dieu pour avoir une enfant de même, qui est pas délurée le moindrement, qui comprend jamais rien maudit. Maudite vie. Envoye, fais ce que je te dis, fous le camp disparais dans ta chambre.

— Je voudrais rester avec toi, maman.

Elle n'a pas le temps de continuer. Ça sonne à la porte. C'est le facteur. Il a un télégramme à la main. Il fait signer maman. Joseph puis Sylvie s'amènent, attirés par le bruit des cloches. Moi je fais pas attention. Je m'assois le plus confortablement possible dans les marches.

— Qu'est-ce que c'est que cette affaire-là?

— Ça m'a bien l'air d'un télégramme.

— Qui est-ce qui peut bien nous télégraphier, ici à Chambord?

— Ouvre, maman, ouvre vite. On veut voir, on veut savoir.

— Un télégramme de même, il faudrait que ce soit

votre père qui l'ouvre. Je vais lui téléphoner au magasin.

— Viens-t'en Athanas. Il y a un télégramme qui vient d'arriver. Pour toi et au nom de notre famille. Veux-tu que je l'ouvre ou que je t'attende?

J'entends ma mère qui décachette l'enveloppe et puis qui échappe le téléphone et le télégramme des mains, qui a de la misère à se tenir, puis qui est pâle.

Joseph prend le télégramme et le lit. Il le remet à Sylvie en tremblant. Sylvie veut me le remettre mais je sais pas lire. Tout le monde est en déconfiture. J'entends la voix de mon père à travers le récepteur. Il hurle, à l'autre bout du fil, à qui mieux mieux. Il doit pas y avoir bien des clients.

Mariette reprend le récepteur puis, la voix en larmes, elle apprend au père qu'Éric est mort au front, qu'il est mort en héros comme tous ceux qui crèvent d'ailleurs. Le Vietnam l'a eu. Le beau cave, il est allé s'enrôler dans l'armée américaine, le Canada ça lui suffisait pas. Il voulait faire à part des autres. Il a réussi. C'est le premier habitant de Chambord qui est mort au Vietnam. Il doit être content dans sa tombe. Ça doit lui faire chaud au coeur de savoir ça.

Pour lui, les Américains, c'étaient les dieux de la planète. Ceux qui allaient changer le monde, faire tourner la terre du bon bord, l'humaniser, la rendre arable, aux pôles comme au milieu du désert, l'uniformiser par la langue et les coutumes, le coke, le pepsi, le bikini, la constitution, faire une terre mondiale pour tous, y compris les communistes, des capitalistes en puissance, pour lui, les Américains avaient la solution. Alors, le Éric il a rien trouvé de mieux que de s'en aller aux États-Unis s'exiler comme ils disaient tous, il voulait devenir un vrai de vrai Américain. Il parlait déjà l'anglais à la Yankee, à Chambord, la ville la plus unilingue française au monde, il y avait pas un chat qui le comprenait, les habitants de la place se demandaient d'où est-ce qu'il tenait cette facilité incroyable pour le maniement des langues étrangères, il parlait américain, le petit Éric, il avait dû prendre ça à la radio de CHRL, à force d'écouter des tounes westerns. En tout cas il parlait, puis un beau matin il est parti faire sa vie ailleurs. Il voulait plus rien avoir à faire avec les Québécois, il en avait assez d'être en retard sur le monde, alors il s'est branché, son idée était faite, claire, nette et précise. Il s'est fait naturaliser, au début il a travaillé dans un garage, pour une grosse compagnie, il faisait de l'argent à la pelle qu'il nous écrivait, il parlait même d'acheter le garage, puis là il est rentré dans l'armée, il a fait son service comme tout le reste des pauvres cons du pays, puis il est allé crever au Vietnam. Ça c'est l'amour de la patrie, c'est ce qu'on appelle avoir du front tout le tour de la tête, il est allé défendre les autres, mais il a oublié une chose essentielle, de revenir. Moi, Martha, je me souviens pas tellement de lui. C'était pas le genre écrivailleur, il envoyait pas souvent des épîtres à sa famille, juste pour nous dire où il en était, jamais il demandait d'argent; de toute façon, mon père, il ne lui en aurait jamais donné, d'ailleurs ces deux-là s'entendaient pas à merveille, ils se voisinaient pas trop souvent sauf pour s'injurier de temps à autre comme des coqs sans poulailler. Son histoire s'achève là pour lui à présent qu'ils disent sur le télégramme. Moi, Éric, je le détestais pas plus que ça. Un jour, il m'avait même défendu de mon père.

— Laisse-la donc tranquille, le père, arrête donc d'y taper dessus, qu'il avait dit. Ça avait failli déclencher une mêlée générale. T'es pas un père, qu'il avait poursuivi. Martha, c'est une vraie enfant martyre, moi je peux plus supporter que tu lui fasses mal comme ça. T'es un vrai sadique, pa. Peu de temps après, il est parti avec ses pénates en levant le poing sur mon père. « Tu me reverras pas, le bonhomme! »

On le reverra pas, je pense, plus jamais. Je verse une larme pour lui, en l'honneur de sa mémoire.

Mon père est toujours à l'autre bout du fil, il hurle pour se faire entendre, ma mère qui l'avait oublié complètement y pense soudain.

— Athanas, viens-t'en vite!

Quelques minutes plus tard, le bonhomme fait son apparition sur le seuil de la porte, un peu vert.

— Qu'est-ce que c'est ça ce télégramme-là?

Mariette le lui donne, il le lit puis il crache dessus, le jette dans le poêle.

— Une nouvelle de même, on lit pas ça. On déchire la lettre avant de l'ouvrir. Le petit crisse, il voulait rien écouter, rien comprendre, comme les autres, comme tout le monde.

— Si tu t'étais montré moins sévère avec lui, il

serait resté à Chambord puis il serait bien vivant, que je lui lance du haut de mes marches.

Athanas sursaute.

— Encore cette face de malheur-là. Qu'est-ce que tu fais dans les escaliers?

Je vais mettre le feu à mon enfance, la faire rôtir à la broche, la griller, la brûler, la calciner. Je veux que tout se transforme en cendres, je veux tout voir disparaître dans ce gigantesque incendie de mes quatorze ans.

À Chambord boucane, ce sera le Réveillon des Cendres; le village entier regardera mon passé se consumer sur la place publique. Et après, je ne sais pas comment, mais je ferai naître une incroyable tempête qui dispersera toutes ces cendres aux quatre vents. Mon enfance, mon père, ma mère, mes frères et mes soeurs se mélangeront à la neige et, au printemps, tout se noiera dans les flaques d'eau.

Je veux mettre en charpies mon enfance, faire comme si elle n'avait jamais existé, faire comme si moi je n'avais jamais existé. Notre famille avec tout ce qu'elle contient de mauvaise engeance, de descendants nés à la va-comme-je-te-pousse, avec un poing d'interrogation dans le front, disparaîtra avec moi dans ce gigantesque incendie que j'aurai créé avec mes propres allumettes et avec tout le dévouement et la dévotion d'une petite fille monstrueuse et rejetée.

Ce sera le terminus, tout le monde descend, la fin et le commencement. Toute la région saura qui j'étais sous mes dehors de bonne à rien, de rejeton rejetée. Je vais mettre un terme à la grossesse de ma mère, régler son cas à ce petit cadet qui s'en vient rejoindre la tribu familiale qui lui aussi a bien hâte de se moquer de moi. Ce premier cri de surprise qu'il poussera en me voyant, il n'aura jamais l'occasion de le faire. Ce sera l'incendie terminus du siècle. Chambord boucane ne s'en relèvera que difficilement. Tout le monde va y passer. Les flammes les lécheront tous en même temps, la fumée les asphysiera tous en même temps. Jeanne-d'Arc au bûcher remuera de contentement dans ses cendres, toutes les sorcières brûlées vives se tiendront prêtes à recevoir les âmes de ces chers petits. Je ne ferai aucune différence entre la jeunesse montante et la vieillesse au pouvoir. Je les truciderai tous dans l'ombre, en cachette. Tout sera si bien orchestré qu'ils n'y verront que du feu. Peut-être, s'il y a des survivants, apprendront-ils la vérité sur mon compte et la porteront-ils à mon crédit. Peut-être trouveront-ils en moi la responsable de leurs maux et de leurs brûlures, de leurs pertes d'êtres chers, peut-être sauront-ils enfin me rendre justice.

Ah! et puis merde! que le diable les emporte tous comme il m'emportera ce soir dans mes rêves de sang et de feu.

***

Aplatie, embrasée, déjà consumée mais ricanante, repliée sur moi, les pouces serrés entre les paumes, le regard fixé sur un objet invisible mais présent, j'ai adopté la position foetale comme pour y puiser dans mes souvenirs de début d'existence le calme rassurant de la vie qui se hisse et qui bourgeonne, cellule par cellule, pour s'exalter et se perdre dans un délire inassouvi.

***

C'est ainsi que Martha compte les heures et se prépare à achever son oeuvre de destruction. Cette position l'aide à ruminer ses pensées noires et rouge feu.

Sa mère, son père ne l'aiment pas. Ils ne l'ont jamais aimée. Comment pourraient-ils aimer ce qu'ils ne reconnaissent pas comme étant issu d'eux?

***

Je suis l'image incarnée de leurs frayeurs communes, de leurs cauchemars et de leurs échecs. Je suis une représentation négative de l'enfance heureuse, le couronnement de leur malchance biologique, une monstrueuse grande et grosse fille d'une vitalité trop certaine dont la santé enfle sous les coups de la torture parentale et familiale. Je leur porte malheur...

Le rythme des sanglots, des balbutiements, de l'incertitude, des épaules qui tressautent, des larmes qui remplissent les yeux de sel et qui roulent le long des joues, qui humectent chaque pore, qui descendent sur les lèvres, entre les poils naissants du duvet et qui glissent jusqu'aux dents, jusqu'aux gencives, qui s'infiltrent dans la bouche, cette bouche immense, ce gouffre d'amertume, pour envahir le corps tout entier de l'intérieur.

Martha, encore une fois, n'est plus qu'un sanglot, qu'un fleuve de larmes, qu'une mer de désolation, qu'un océan de peine. Martha est pleine de peine. Elle pense à ses parents, à sa famille. Martha fait le bilan de sa vie, elle fait le bilan de tous les coups qu'elle a reçus, et un goût de sang se mélange à ses larmes, un goût de sang lui remplit la bouche, envahit son coeur, ce sang qui réclame vengeance.

Dans un éclair, sa courte vie passe en bribes devant elle... Elle revoit tout clairement, ce sont des images précises. Aussitôt son regard se durcit, ses poings se referment, ses jointures se tendent, prêtes à craquer. Un sentiment de haine la parcourt, la fait tressaillir. Un peu plus et elle flanchait dans ses résolutions. Un peu plus et elle acceptait l'existence qu'on lui avait faite et qu'on lui ferait. Un peu plus elle se laissait aller. Mais l'instinct de tueur a pris le dessus. Elle l'a échappé belle.

Dehors par les carreaux de la fenêtre, la neige tombe abondamment. Le vent s'est levé. Les vitres s'embuent de givre. Ce sera une nuit de tempête et de feu.

FIN

Les Éditions pour tous ont publié jusqu'à présent :

1-UNIVERS CITÉS de Pierre Ozias Gagnon, collection POÉSIE pour tous, 1990, 597 p., 30 $.
ISBN 2-9802131-0-1

2-MOTMAGES de Pierre Ozias Gagnon illustrations en couleurs par André Fortin, collection POÉSIE pour tous, 1990, 325 $.
ISBN 2-9802131-1-X

3-JOCELYN, tome premier, d'Eugénie Saint-Pierre, collection ROMAN pour tous, 1994, 153 p., 15 $.
ISBN 2-9802131-2-8

4-JOCELYN, tome deuxième, d'Eugénie Saint-Pierre, collection ROMAN pour tous, 1994, 165 p., 15 $.
ISBN 2-9802131-3-6

5-GÉRER LE CHANGEMENT ET RÉUSSIR de Raymond Landry, collection AFFAIRES pour tous, 1994, 260 p., 14,95 $.
ISBN 2-9802131-4-4

6-NEIGE de Florence Nicole, collection ROMAN pour tous, 1994, 366 p., 18,95 $. Épuisé.
ISBN 2-9802131-5-2

7-INSTANTS DE VIE de Nicole Fournier, collection VIVRE pour tous, 1995, 137 p., 12,95 $.
ISBN 2-9802131-6-0

8-THE WEEPING ANGEL de Louis-Paul Béguin, collection NOVELS For All, 1996, 229 p., 14.95 $ CA, 12,95 $ US.
ISBN 2-9802131-7-9

9-POÈMES DEPUIS LA TENDRE ENFANCE de Louis-Paul Béguin, collection POÉSIE pour tous, 1997, 241 p., 12,95 $.
ISBN 2-922086-03-8

10-FAMILLE ET CIE ou Le pouvoir d'une femme de Lucien Gagnon, 1997, collection VIVRE pour tous, 279 p., 18,95 $.
ISBN 2-9802131-8-7

11-LE CHARIOT DE L'ESPOIR d'Eugénie Saint-Pierre, collection ROMAN pour tous, 1997, 205 p., 16,95 $.
ISBN 2-922086-02-X

12-ÉCRITS DES TROIS PIGNONS de Louis-Paul Béguin, collection ESSAI pour tous, 1997, 271 p., 17,95 $.
ISBN 2-922086-00-3

13-LA PATIENCE D'ÊTRE de Madeleine Vaillancourt, collection ROMAN pour tous, 1997, 127 p., 13,95 $.
ISBN 2-922086-01-1

14-MOI, J'AI LE CŒUR BLANC de Pierre Saint-Sauveur, collection ROMAN pour tous, 1998, 171 p., 17,95 $.
ISBN 2-922086-04-6

15-LA BIBLE DU PÊCHEUR de Yvan Leblanc, collection PÊCHE pour tous, 1998, 148 p., 14,95 $, mini format pratique.
ISBN 2-9802131-9-5

16-CLARA DES ÉTOILES du Mouvement parlons mieux, collection POÉSIE pour tous, 1998, 104 p., 9,95 $.
ISBN 2-922086-06-2

17-BERTRAND LE MÉNESTREL de Colette Béguin, collection JEUNESSE pour tous, 1998, 142 p., 12,95 $, 40FF.
ISBN 2-922086-07-0

18-LE PLEIN POUVOIR DES MOTS de Shelle Rose Charvet, collection SUCCÈS pour tous, 1999, 276 p., 19,95 $.
ISBN 2-922086-05-4

19-TI-GARS TOUGAS de Pierre Tapin, collection ROMAN pour tous, 1999, 556 p., 27,95 $.
ISBN 2-922086-09-7

20-VAGABONDAGE du Mouvement parlons mieux, collection POÉSIE pour tous, 1999, 104 p., 12 $.
ISBN 2-922086-08-9

21-LE MAGICIEN DE LA COULEUR TIRE SA RÉVÉRENCE de Fernande Craig, collection VIVRE pour tous, 2000, 238 p., 18,95 $. **ISBN 2-922086-12-7**

148

22-*LE SECRET DU BONHEUR récits vécus* de François Marquis, collection JEUNESSE pour tous, 2000, 56 p., 15 $. **ISBN 2-922086-13-5**

23-*TOI, MON BEAU RÊVE tome deux* de François Marquis, collection POÉSIE pour tous, 2000, 52 p., 10 $. **ISBN 2-922086-11-9**

24-*PORTES OUVERTES* de Pierre Tapin, collection ROMAN pour tous, 2000, 354 p., 23,95 $. **ISBN 2-922086-15-1**

25-*POUR LA PLUPART D'ENTRE NOUS, LA NATURE DEMEURE INVISIBLE* de Claire Payment, collection ESSAI pour tous, 2000, 102 p., 18,95 $. **ISBN 2-922086-16-X**

26-*BONJOUR LES MOTS* du Mouvement parlons mieux, collection POÉSIE pour tous, 2000, 115 p., 12,95 $. **ISBN 2-922086-18-6**

27-*DÉLIVRANCE* de Jacqueline Bellehumeur,collection POÉSIE pour tous, 2001, 77 p., 13,95 $. **ISBN 2-922086-20-8**

28-*LES LARMES DU SILENCE* de Dolores Lévesque, collection ROMAN VÉRITÉ pour tous, 2001, 189 p., 17,95 $. **ISBN 2-922086-19-4**

29-*BABOUCHKA* de Nadia Erchov-Skrzetuska, collection ROMAN VÉRITÉ pour tous, 2001, 187 p., 19,95 $. **ISBN 2-922086-08-9**

30-*CHAMBORD BOUCANE* de Pierre Ozias Gagnon, collection ROMAN pour tous, 2001, 144 p., 15,95 $. **ISBN 2-922086-10-0**

À PARAÎTRE

31-*BROSSARDISES* de Pierre Ozias Gagnon, collection POÉSIE pour tous, 2000, 160 p., 15 $. **ISBN 2-922086-14-3**

Achevé d'imprimer chez
MARC VEILLEUX IMPRIMEUR INC.,
à Boucherville,
en septembre deux mille un